Der Garten der alten Dame

Roman. Sommerausgabe

Nikola Hahn
Der Garten der alten Dame

Roman. Sommerausgabe

THONI Verlag

Bibliografische Information der Deutschen Nationalbibliothek:

Die Deutsche Nationalbibliothek verzeichnet diese Publikation in der Deutschen Nationalbibliografie; detaillierte bibliografische Daten sind im Internet über http://dnb.dnb.de abrufbar.

Sommerausgabe (illustriert)
1. Auflage 2016
©2016 Thoni Verlag, www.Thoni-Verlag.com
Umschlaggestaltung u. -illustration: N. Hahn
Romantext gesetzt aus der Goudy Old Style
Satz und Layout: N. Hahn

»Der Garten der alten Dame« erscheint als Romanprojekt
»Verbotener Garten« in jahreszeitlich adaptierten Paperback-Editionen
(gleicher Text, unterschiedliche Aufmachung) und als
Literarisches Geschenkbuch im Hardcover-Großformat (17 x 24 cm):

◇ Frühlingsausgabe ISBN 978-3-944177-10-6
◇ Sommerausgabe   ISBN 978-3-944177-13-7
                  ISBN 978-3-944177-01-4 *(eBook)*
◇ Herbstausgabe   ISBN 978-3-944177-14-4
◇ Winterausgabe   ISBN 978-3-944177-16-8
◇ Geschenkbuch   ISBN 978-3-944177-12-0 *(gebunden)*

Unter dem Titel »Mrs. Meyer`s Magical Garden« ist der Roman
auch in Englisch erhältlich (ISBN 978-3-944177-46-5).
Printed by Amazon Distribution GmbH, Leipzig

ISBN 978-3-944177-13-7

Verbotener Garten —
ein Lesegenuss für jede Jahreszeit.

Die Bilder wechseln,
die Geschichte bleibt.

Sommerausgabe

◆ Paperback
◆ eBook
◆ sw-illustriert

Für Thomas.
Weil Du da bist.

Wer Schmetterlinge lachen hört,
der weiß, wie Wolken schmecken.
Der wird im Mondschein, ungestört
von Furcht, die Nacht entdecken.

(Carlo Karges, Novalis)

Herbst.

Omnium rerum principia parva sunt.
Der Anfang aller Dinge ist klein.

Marcus Tullius Cicero

Kapitel eins

ie Blätter des Baumes waren bunt und trudelten eins nach dem anderen hinunter aufs Straßenpflaster, direkt vor den Eingang der alten Stadtvilla. Zumindest vermutete Eli das, denn um es sehen zu können, hätte sie sich aus dem Fenster ihres Zimmers lehnen müssen, das nun nicht mehr ihr Zimmer war. Ein letztes Mal schaute sie den Baum an: eine Stieleiche. Das wusste sie von Paps. Uralt sei der knarzige Geselle, älter noch als das Haus, und das war auch schon ziemlich alt. Ach, Paps konnte herrliche Geschichten erzählen! Eli vermisste ihn schon, obwohl er noch gar nicht gegangen war. Er würde sie nämlich begleiten, ins neue Heim, wie Mama bedeutungsvoll erklärt hatte. Eli zuckte zusammen, als sie seine Hand auf ihrer Schulter spürte.

„Na, sagst du dem alten Recken Lebwohl, Ronja Räuber?"

Eli unterdrückte die Tränen und wandte sich um. „Die olle Eiche wird auch noch hundert Jahre ohne mich weiterwachsen", erklärte sie tapfer.

Paps strich ihr übers Haar. Sie hasste es, wenn andere das taten, bei ihm liebte sie es. Genausosehr wie sie es liebte, wenn er sie Ronja nannte. Das war ihr großes Geheimnis. Nicht mal Mama wusste, dass sie wirklich und wahrhaftig so hieß wie die Heldin aus der Geschichte von Astrid Lindgren: Ronja Räubertochter, die auf der geborstenen Mattisburg im dunklen Mattiswald lebte, und die verwegen war und mutig und einzigartig. So wie Eli eben. Paps hatte gesagt, dass er das heimlich gemacht hatte, weil Mama der Meinung war, dass Ronja kein Name für ein ordentliches Mädchen sei. Ziemlich lange hatte Eli gerätselt, wie er das hingekriegt hatte, ohne dass es Mama herausfand, denn irgendwie fand sie alles irgendwann heraus.

„E-li-sa-betha!", hörte sie ihre Stimme vom Flur. „Wir müssen los!" Eli mochte es nicht, wenn sie ihren Namen in die Länge zog. Eigentlich mochte sie überhaupt nicht Elisabetha heißen. Eli, das ging gerade noch. Wenn sie es sich aussuchen dürfte, würde sie allen befehlen, nur noch Ronja zu sagen. Die Tür ging auf. Mama kam herein. Sie verzog das Gesicht. „Ich hätte mir ja denken können, dass ihr wieder herumtrödelt."

Paps schloss das Fenster und sagte nichts.

* * *

Die neue Schule war doof. Im Klassenzimmer gab es nur noch einen freien Platz neben einem pummeligen Mädchen mit Brille und schrecklich ordentlich gekämmten Haaren, das Emma hieß und unglücklicherweise auch noch in der Nähe von Eli wohnte. Emma war nämlich genauso doof wie die Schule. Und die Lehrerin war auch doof und die neue Straße und die neue Wohnung in dem mausgrauen Kasten von Mietshaus erst recht. Die ganze Gegend war doof: überall gleich aussehende Reihenhäuser mit gleich aussehenden Minigärten oder schäbige Betonbauten wie das Haus, in dem sie nun wohnten. *Betreten verboten!* stand auf einem verbeulten Schild; damit war das bisschen Gras neben dem Eingang gemeint, aber die Hunde hielten sich nicht daran, wie eine Unzahl braune Haufen zeigten. Nicht mal eine Stieleiche gab es hier! Die einzigen Bäume weit und breit konnte Eli nur zur Hälfte sehen, weil sie hinter einer hohen Mauer jenseits der Straße standen. An der Mauer wuchs Gestrüpp und davor war eine freie Fläche, platt planiert und auch mit einem Verbotsschild. Anscheinend war vorgesehen, sie bald zu bebauen. Der größte Baum hinter der Mauer hatte leuchtende gelbe Blätter; sie sahen aus, als hätte ein Maler sie gerade frisch gestrichen. Der gelbe Baum war das einzig wirklich Schöne in der Straße.

Lustlos stieg Eli nach der Schule die abgetretenen Stufen zu der neuen Wohnung hoch, die direkt unterm Dach lag. Sie vermisste das Knarren der Holztreppe und der Dielen in ihrer alten Wohnung, und den Hall im Korridor, wenn jemand sprach, und die luftig hohen Decken mit dem weißen Stuck, die ihr das Gefühl gegeben hatten, in einem Schloss zu wohnen. Früher mochte Mama nie viel herumstehen haben, jetzt war es ihr offenbar egal. Der Flur war eng und dunkel. Selbst am Tag musste man eine Lampe anmachen, um etwas zu sehen, und die Mäntel verschwanden nicht mehr hinter geheimnisvollen Schwebetüren, sondern hingen offen an einem kippeligen Garderobenständer. Eli hängte ihre Jacke dazu und ging in ihr Zimmer: ein schmaler Schlauch mit einem kleinen Fenster zur Straßenseite. Eli öffnete es, um die Herbstsonne hereinzulassen. Sie vermisste Paps so sehr, dass es wehtat. „Alles muss ich jetzt doppelt bezahlen!", hatte er geklagt und mit Mama über Miete, Heizkosten und irgendwelche sonstige Aufwendungen gestritten. Und zuletzt noch über das Besuchsrecht. Eli mochte es nicht, wenn ihre Eltern sich zankten, aber das war ihr immer noch lieber, als wenn sie gar nicht miteinander redeten.

Draußen gab es nicht viel zu sehen: ein angerostetes graues Blumengitter vor einer leeren Fensterbank und triste Dächer. Aber der Himmel war herrlich blau und die Sonne warf interessante Muster auf die Straße. Von jenseits der hohen Mauer leuchtete der gelbe Baum herüber. Eli grinste. Seit wann war eine Mauer für Ronja ein Hindernis? Sie würde sich die Sache aus der Nähe ansehen. Am besten jetzt sofort. Doch daraus wurde nichts, weil Mama heimkam.

Am nächsten Tag tat Eli so, als ginge sie nach der Schule direkt nach Hause; tatsächlich wartete sie hinter der Eingangstür, bis sie sicher war, Emma loszusein. Als sie das Haus wieder verließ, war glücklicherweise weit und breit kein Mensch zu sehen. Betont gelangweilt spazierte sie über die planierte Fläche und inspizierte die Mauer. Sie bestand aus grob behauenen Steinen, war mit Moos bewachsen und so hoch, dass Eli nicht darüber schauen konnte. In der Stadt umgaben solche Mauern die Gärten reicher Leute und Eli und ihre Freundin Susi hatten sich vorgestellt, unsichtbar zu sein und einfach hindurchzugehen. Die einzige Möglichkeit, einen Blick auf das Dahinter zu tun, waren die mächtigen, aus Schmiedeeisen bestehenden Eingangstore.

Hier gab es nichts dergleichen, sondern bloß jede Menge dornige Sträucher und rechts und links Reihenhäuser. Das Grundstück hinter der Mauer war anscheinend sehr groß; wahrscheinlich lag der Eingang in einer Parallelstraße.

Eli brauchte eine Weile, bis sie die richtige Einmündung fand, und stellte enttäuscht fest, dass das Tor mit Schilfmatten abgehängt war, auf denen das altbekannte *Betreten verboten!* prangte, und darunter: *Eltern haften für ihre Kinder*; also sozusagen der Hinweis, dass es sich lohnte, nach einem Durchschlupf zu suchen, weil es Interessantes zu entdecken gab. Susi hatte das auch so gesehen und deshalb hatten sie vor Kurzem mächtig Ärger bekommen. Erst mit dem Hausbesitzer, und Eli danach mit Mama, und abends noch mit Paps, als er von der Arbeit heimkam. Das alles änderte nichts daran, dass solche Schilder neugierig machten; man durfte sich eben nur nicht erwischen lassen. Eli stellte sich auf die Zehenspitzen, aber auch das half nichts. Der Garten hinter der Mauer blieb verborgen.

„Geh da lieber weg!", rief jemand hinter ihr. Sie fuhr erschrocken herum. Es war die pummelige Emma. War sie ihr etwa hinterhergeschlichen?

„Warum?", fragte Eli.

„Weil's verboten ist."

„Warst du mal drin?"

„Natürlich nicht!"

Eli dachte an Susi. Sie wandte sich zum Gehen.

„Wohin willst du?", fragte Emma.

„Heim."

„Darf ich ein Stückchen mitkommen?"

Eli zuckte die Schultern und schlenderte die Straße entlang. Emma lief neben ihr her und plapperte drauflos. Sie erzählte von der Schule und dass sie Eli bei den Hausaufgaben helfen könne, aber Eli hörte nicht zu. Sie dachte an den gelben Baum. Und wie sie in den Garten käme. Sie blieb stehen und sah Emma an.

„Bist du denn gar nicht neugierig?"

„Worauf?"

„Na, wie es hinter der Mauer aussieht!"

Emma verzog das Gesicht. „Da gibt's bloß jede Menge Unkraut und ein kaputtes Haus."

„Also warst du doch schon drin!"

„Nein, ja, also ... Früher hat da die alte Frau Meyer gewohnt. Aber die ist gestorben. Und meine Mutti sagt, es wird Zeit, dass der Schandfleck endlich bald wegkommt." Das klang, als freute sie sich noch

mehr darüber als ihre Mutti, und Eli war sich sicher, dass Emma ganz bestimmt nicht ihre Freundin werden würde. Außerdem wollte sie sowieso keine Freundin mehr haben. Und überhaupt wäre sie am liebsten allein auf der Welt. Dann müsste sie wenigstens nicht so traurig sein, wenn die anderen nicht mehr da wären. Aber vielleicht könnte sie am nächsten Wochenende mit Paps zusammen nach der Mattisburg suchen?

„Ich find's schön, dass wir in eine Klasse gehen", sagte Emma.

Ich nicht, dachte Eli und ließ sie stehen.

Als sie nach Hause kam, war Mama noch nicht da. Sie musste jetzt arbeiten, aber sie freute sich, frei zu sein. Das hatte sie jedenfalls am Telefon zu ihrer Freundin Birgit gesagt. Eli fühlte sich nicht frei, sondern eingesperrt in dem kleinen Zimmer. Dabei war es gar nicht so klein, wenn sie es mit dem von Mama verglich.

„Ich schlafe ja nur darin", hatte sie gesagt und gelächelt. „Aber du brauchst einen vernünftigen Platz für die Hausaufgaben."

Der vernünftige Platz war eine Nische unter dem Fenster, gerade groß genug für Elis Schreibtisch. Wenn sie beim Hausaufgabenmachen hochsah und das hässliche Gitter wegdachte, schaute sie direkt in den Himmel. Und wenn sie aufstand, sah sie die Straße und die Mauer, dahinter viel buntes Gebüsch – und den gelben Baum, der eine Verheißung war: Ronja würde den Eingang finden und mutig erkunden, was es im verbotenen Garten der alten Frau Meyer zu entdecken gab! Sie musste bloß aufpassen, dass Emma ihr nicht über den Weg lief. Leider war das nicht so leicht, denn Emma freute sich, jemanden gefunden zu haben, dem sie auf die Nerven fallen konnte. Eli mochte sie zwar nicht, brachte es aber nicht fertig, ihr das noch deutlicher zu zeigen, als sie es schon getan hatte. Also hörte sie jeden Morgen auf dem Hinweg zur Schule und jeden Mittag wieder zurück Emmas langweiliges Geschwätz an und atmete auf, wenn sie sich endlich verabschiedete. Sie wohnte mit ihren Eltern in einem der Reihenhäuser, die an die Mauer von Frau Meyers Garten grenzten, und nur deshalb ließ Eli sich schließlich erweichen, ihr Zimmer zu besichtigen. Wie ihr eigenes lag es unter dem Dach, aber was für ein Unterschied: Emmas Zimmer war groß und hell und hatte sogar einen eigenen kleinen Balkon. Und von da aus konnte man tatsächlich in Frau Meyers Garten sehen! Das heißt, man konnte ihn erahnen,

denn Bäume, Büsche und Bambus verwehrten den Blick; nur ein bisschen Dach entdeckte Eli zwischen üppig herbstlichem Bunt.

„Hat Frau Meyer allein dort gewohnt?", fragte sie.

Emma zuckte die Schultern. „Keine Ahnung. Ich war ja noch ziemlich klein, als sie gestorben ist. Meine Mutti sagt, dass sie wunderlich war."

„Warum habt ihr sie nicht mal zum Kuchenessen eingeladen?"

„Wir kannten sie doch gar nicht! Außerdem haben die Leute gesagt, dass es besser ist, sich nicht mit ihr abzugeben."

„Und warum?"

„Ach, was weiß denn ich!" Emma sah Eli kopfschüttelnd an. „Warum interessiert die dich? Die ist doch längst tot."

Eli dachte an die Geschichte vom alten Garten, die Paps ihr vorgelesen hatte, und an die einsame Dame, die ihre Blumen Kinder nannte, und an die guten Gartengeister, die ihr hatten helfen wollen. Zu gern hätte Eli gewusst, wie ein guter Gartengeist aussah. Nicht mal Paps hatte es ihr sagen können. Vielleicht versteckte sich einer im Garten von Frau Meyer?

„Wollen wir mit meinen Puppen spielen?", fragte Emma.

Eli schüttelte den Kopf. „Nein. Ich muss heim."

Auf der Straße pfiff sie ein Lied. Das Pfeifen hatte sie von Paps gelernt.

„Du bringst dem Kind lauter Unfug bei", behauptete Mama, aber als sie es sagte, hatte sie gelächelt. Das war lange her, doch Eli wusste genau, dass es an einem sommerwarmen Samstagnachmittag gewesen war. Sie hatten im Zoo die Elefanten besucht und als sie nach Hause kamen, saß in der Stieleiche eine glänzend schwarze Amsel und sang.

„Kannst du das auch?", fragte Paps. „Pfeifen wie ein Vogel?" Und dann hatte er es vorgemacht und sie hatte es nachgemacht, und die Amsel hatte mitgemacht. Und dann kam eine braune hinzu, und die konnte sogar pfeifen, obwohl sie den Mund voller Würmer hatte, und Paps sagte streng: „Mit vollem Schnabel singt man doch nicht!" Da hatte Eli so laut lachen müssen, dass die schwarze Amsel erschrocken davonflatterte und die braune fast die Würmer fallen ließ, und dann war sie zeternd im wilden Wein verschwunden und hatte ihre Jungen gefüttert.

Eli hatte die Brachfläche erreicht und schlenderte betont unauffällig am Verbotsschild vorbei zur Mauer. Sie war dabei, das Gestrüpp zu inspizieren, als sie hinter sich eine allzu vertraute Stimme hörte.

„Du kriegst mächtig Ärger, wenn sie dich erwischen!" Emma zeigte auf das Schild und sah Eli mit einem Blick an wie es Mama tat, wenn sie etwas besonders Schlimmes ausgefressen hatte. Sie hielt Eli einen Lolli hin. „Magst du? Himbeergeschmack."

„Lass mich endlich in Ruhe!"

Emmas Augen füllten sich mit Tränen. Eine Heulsuse. Auch das noch! Eli überlegte, ob sie einfach weitermachen sollte, aber diese schreckliche Emma würde sie bestimmt verpetzen.

„Tschüss", sagte sie und ging.

* * *

Es dauerte schrecklich lange, bis endlich Samstag war. Nach dem Frühstück holte Paps Eli ab; sie hatte gehofft, dass sie zu dritt etwas unternehmen würden, doch Mama sagte Paps nicht mal guten Tag. Also fuhren sie allein in die Stadt. Paps hatte trotz Mamas Abfuhr gute Laune und lud Eli ins Eiscafé ein. Das Eis schmeckte gut, aber nicht so gut wie früher, als Mama dabei gewesen war. Eli hatte sich sosehr auf Paps gefreut, und jetzt war er da, und sie vermisste Mama. „Wollen wir in den Zoo?", fragte er. Sie schüttelte den Kopf und wünschte sich ganz weit weg.

Am Sonntagmorgen regnete es. Durch das Grau konnte Eli nur mit Mühe den gelben Baum hinter der Mauer sehen. Als sie sich aus dem Fenster lehnte, spritzte ihr Wasser aus der kaputten Dachrinne ins Gesicht, und sie schwor sich: Sobald es aufhörte zu regnen, würde Ronja in Frau Meyers Garten gehen – komme, was wolle! Zwei Tage später schien die Sonne wieder, und nicht einmal Emma konnte sie aufhalten, denn sie lag mit einer Grippe im Bett.

„Meinst du nicht, du solltest deine neue Freundin mal besuchen?", fragte Mama.

„Sie ist nicht meine Freundin!"

„Sie ist ein sehr nettes Mädchen", sagte Mama. Wie konnte sie das wissen? Sie hatte sie nur zweimal gesehen! Überhaupt hatte Eli den Eindruck, dass Mama nicht mehr so gut zuhörte wie früher, als sie

noch in der Stadt gewohnt hatten. Manchmal vergaß sie sogar, was sie versprochen hatte. Die Telefonate mit Birgit wurden auch kürzer. Frei sein hatte Eli sich anders vorgestellt.

„Na gut", lenkte sie ein. „Besuche ich halt Emma."

Der Besuch fiel kurz aus. Eli sagte, dass sie noch etwas Wichtiges zu erledigen habe, und das war ja strenggenommen nicht gelogen.

Als Eli diesmal über die Brache schlich, schaute sie sich sorgsam um, aber es waren nur vereinzelt Leute unterwegs, und die achteten nicht auf sie. Sie folgte der Mauer nach rechts bis zu dem Dornengestrüpp. Irgendwo dahinter lag das Grundstück von Emmas Eltern, aber nirgends gab es ein Durchkommen. Eli ging in die andere Richtung; auch dort verschwand die Mauer hinter undurchdringlichem Gebüsch, aber nach intensivem Suchen entdeckte Eli eine Stelle fast ohne Dornen. Sie kämpfte sich durch und stand unvermittelt in einer Art natürlichem Zelt: Dürres Geäst und Dornenranken formten einen Hohlraum, dessen hintere Seite die Mauer bildete. An einer Stelle waren mehrere Steine herausgebrochen, und der entstandene Spalt war gerade so groß, dass Eli hindurchpasste. Am liebsten hätte sie vor Freude in die Hände geklatscht. Die Steine fühlten sich kühl an und waren von weichem Moos bewachsen. Es roch nach Erde, Laub und Pilzen. Wie auf der diesseitigen verdeckten auch auf der jenseitigen Seite der Mauer mannshohe Sträucher den Zugang. Wenn jemand nicht danach suchte, würde er ihn nicht finden.

Neugierig schaute Eli sich um. Überall leuchteten Büsche und Bäume in satten, warmen Farben. Das Gras war kniehoch und in einem von Unkraut überwucherten Beet blühten Blumen, deren Namen sie nicht kannte.

Der gelbe Baum stand nah bei einem Haus, das fast vollständig unter Efeu und Dornenranken verschwand. Holzstufen führten auf eine überdachte Terrasse, auf der Eli zwei verblichene Korbstühle und einen Tisch sah. Und einen Schaukelstuhl, der sich bewegte.

„Guten Tag, Elisabetha. Oder sollte ich Ronja sagen? Schön, dass du mich besuchen kommst."

Erschrocken blieb Eli stehen und starrte die Frau an, die im Schaukelstuhl saß. Sie war in eine blaurotkarierte Decke gehüllt, auf der ihre Hände ruhten wie verschrumpelte Winteräpfel im Frühling. Ihr Gesicht glich einer Wegekarte aus Falten und Fältchen, und

das weiße Haar hatte sie zu einem verschlungenen Knoten gesteckt. Zumindest vermutete Eli das, denn sehen konnte sie es nicht. Aber Oma Maria hatte auch solche Haare gehabt.

„Bitte ... Entschuldigen Sie", stotterte sie. „Es tut mir leid. Ich ..."

Die Fältchen schienen sich zu amüsieren.

Eli stutzte. „Woher wissen Sie, wie ich heiße?"

„Das ist mein kleines Geheimnis. Zwei Namen – das ist anstrengend. Wie soll ich dich also nennen?"

„Meine Mama sagt Elisabetha. Mein Paps sagt Ronja, aber nur heimlich. Alle anderen nennen mich Eli."

„Und wie heißt du am liebsten?"

Das hatte sie noch niemand gefragt. „Na ja ... Wie Sie möchten."

„Nein. Das entscheidest du, liebes Kind."

Eli hasste es, wenn die Leute sie *liebes Kind* nannten, doch die alte Dame sagte es, dass es wie eine Ehre klang. Eli überlegte, ob es Paps recht wäre, wenn eine Fremde sie bei ihrem geheimen Namen rufen würde. Wahrscheinlich nicht. Sie ging die Treppe hinauf. Das Knarzen klang vertraut. „Also gut. *Eli.* Und wie heißt du?"

„Ich bin Frau Meyer. Du kannst aber gern Tante Irma sagen."

Wildfremde Frauen *Tante* nennen, mochte Eli noch weniger als das *liebe Kind* sein. „Ich sag Frau Meyer zu dir."

Frau Meyer zeigte auf einen Korbstuhl; Eli setzte sich zögernd. „Emma behauptet, dass du gestorben bist."

„So, so. Behauptet deine Freundin das."

„Sie ist nicht meine Freundin."

„Und warum nicht?"

„Darum!"

Frau Meyers Fältchen amüsierten sich prächtig.

„Warum schimpfst du nicht mit mir?"

„Warum sollte ich?"

„Weil ich in deinen Garten – nun, hineingeklettert bin."

„Das ist nicht mein Garten."

„Aber – wohnst du denn nicht hier?"

„Ich bin bloß zu Besuch."

Eli lugte in Richtung der offenen Terrassentür. „Und bei wem?"

Die alte Dame berührte mit dem Zeigefinger ihre Lippen und flüsterte: „Du wirst schon sehen."

Eli merkte, wie sie Gänsehaut bekam. Diese Frau Meyer war zwar nett, aber auch ein bisschen unheimlich. Ihr fiel ein, dass Mama sie immer davor warnte, sich mit Fremden einzulassen, und dass schlimme Dinge geschehen könnten, wenn sie es doch täte. Aber Mama hatte von Männern gesprochen, nicht von Frauen, und ganz bestimmt nicht von so alten Frauen wie Frau Meyer. Eli überlegte, dass sie ja notfalls wegrennen könnte. Frau Meyer war sicher nicht gut zu Fuß. Andererseits: Was sollte sie Böses im Schild führen? „Hast du einen Mann?"

Die Fältchen blitzten. „Oh ja! Das heißt, ich hatte einen. Früher."

„Habt ihr euch scheiden lassen?"

„Aber nein! Otto und ich waren sechsundsechzig Jahre verheiratet. Dann ist er gestorben."

Eli versuchte auszurechnen, wie alt jemand sein musste, der so lange verheiratet war. Oma Maria war mit dreiundsechzig gestorben und sie war mit Opa Friedhelm verheiratet gewesen, aber der war schon so lange tot, dass Eli ihn nur von Fotos kannte. Und Oma Augusta war fünfundsechzig und hatte, wie sie bei jedem ihrer Besuche stolz betonte, ihr Kind, nämlich Mama, ganz gut ohne Kerl durchgebracht. Und Mama? Die hatte nicht mal zehn Jahre mit Paps geschafft ... Konnte man tatsächlich sechsundsechzig Jahre verheiratet sein?

„Hast du Kinder?"

Frau Meyer nickte. „Zwei Töchter und einen Sohn. Aber die wohnen weit weg."

„Bist du denn gar nicht traurig, wenn du so allein bist?"

„Du bist doch da."

„Ich gehe gleich wieder."

„Du wirst wiederkommen."

„Woher weißt du das?"

Sie lächelte. „Du wirst schon sehen."

Kapitel zwei

Als Eli den nächsten klaren Gedanken fassen konnte, fand sie sich am Schreibtisch in ihrem Zimmer wieder. Durch rostfleckiges Blumengittergrau betrachtete sie den orangerot angemalten Sonnenuntergangshimmel. Die alte Frau Meyer hatte ein bisschen Unfug erzählt, aber das hatte Oma Maria auch gemacht, und Eli hatte sie trotzdem liebgehabt. Wohl und geborgen hatte sie sich bei ihr gefühlt, im Winter drinnen auf der Ofenbank, im Sommer draußen zwischen den Beeten mit den vielen bunten Blumen. Oma Maria baute sogar Gemüse an, Möhren und Salat und Radieschen und dazu Kräuter, die herrlich rochen und noch herrlicher schmeckten. Und all die vielen Leckereien erst! Himbeeren und Erdbeeren hatte Eli am liebsten direkt vom Strauch genascht, die Nüsse fielen im Herbst von alleine runter, und die Äpfel mussten ein Weilchen im Keller liegen und dufteten im tiefsten Winter noch nach Sonne und Sommererde. Und dann war eines Tages Paps gekommen und hatte gesagt, Oma Maria wohne jetzt beim Lieben Gott im himmlischen Garten. Eli hatte das nicht verstanden und Paps wohl auch nicht, denn statt auf ihre Fragen zu antworten, hatte er die Geschichte vom alten Garten vorgelesen.

In Oma Marias Garten hatte es alles gegeben, nur Kirschen nicht. Ein Kirschbaum sei zu groß, hatte sie gesagt, und für eine ordentliche Ernte brauche man ja mindestens zwei. Aber in ihrem früheren Garten, da habe sie einen gehabt, und der Nachbar nebendran hatte auch einen, und so ernteten sie jeden Sommer eimerweise leckere rote Kirschen. Eli schlug ein zerfleddertes Buch auf, in dem sie oft mit Paps zusammen gelesen und Bilder angeschaut hatte. Lauter kluge Antworten auf ganz wichtige Fragen konnte man darin finden;

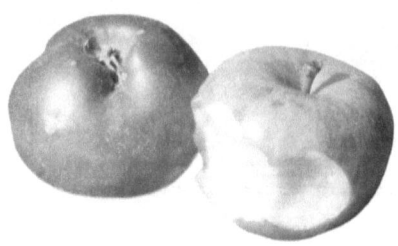

woher die Elefanten kommen beispielsweise, oder warum es regnet, aber auch, welche Bäume in Deutschland wachsen, und wie ihre Blätter aussehen. Eli lächelte, als sie die Zeichnung von der Stieleiche sah. Sie blätterte weiter – und tatsächlich: Der gelbe Baum war eine Kirsche! Oma Maria hatte erzählt, dass Paps als Kind jeden Sommer in den Kirschbaum geklettert war und von den süßen Früchten genascht hatte, genauso wie es Eli mit den Beeren tat. Nur dass sie dafür nicht zu klettern brauchte. So viele Kirschen habe Paps verspeist, dass er Bauchweh davon bekam. Und mit dem Nachbarsjungen habe er sich im Kirschkernweitspucken gemessen.

„Das gefiel deiner Oma allerdings gar nicht", sagte Paps. „Obwohl ich doch immer gewonnen habe." Dabei hatte er gegrinst und tatsächlich ein bisschen wie ein kleiner Junge ausgesehen.

„Warum seid ihr aus eurem früheren Garten weggezogen?", wollte Eli wissen.

Paps schaute traurig. „Manchmal muss man einen Ort verlassen, den man liebt. Weil die Umstände dazu zwingen."

Eli fragte sich, wie die Umstände das wohl angestellt hatten, aber niemand konnte ihr eine verständliche Antwort geben. Zu der Zeit schaute Paps öfter traurig und Mama auch, und sie zankten sich oder sie schwiegen, und Eli ahnte, dass etwas Schlimmes geschehen könnte, dass sie sich trennen würden wie die Eltern ihrer Freundin Susi. Gleichzeitig hoffte sie, es werde nicht so sein. Dann war es doch passiert und sie musste aus ihrem schönen Zimmer weg, genauso wie Paps einst aus dem Kirschbaumgarten weggemusst hatte. Dabei hatte Oma Maria sich gar nicht scheiden lassen!

Eli klappte das Buch zu und sah aus dem Fenster. Der Himmel war jetzt rostig wie das Gitter, und dann verschwanden alle Farben und der gelbe Baum wurde grau. *Es wird Zeit, dass der Schandfleck endlich bald wegkommt*, fielen ihr Emmas Worte ein. Wie konnte sie so etwas Gemeines sagen? Gelogen hatte sie noch dazu: Frau Meyer war gar nicht tot! Und solange sie lebte, konnte man ihren Garten nicht kaputtmachen – oder? Jedenfalls wollte sich Eli lieber nicht vorstellen,

wie es wäre, morgens aus dem Fenster zu schauen und den gelben Baum nicht mehr zu sehen. Plötzlich musste sie lachen. Liebe Zeit! Sie hatte glatt vergessen, dass Blumen und Bäume sich ja wehren und böse Menschen verjagen konnten! Das wusste sie allerdings nur, weil Paps ihr die Geschichte vom alten Garten erzählt hatte.

Der alte Garten war so groß, dass niemand genau wusste, wo er aufhörte, denn er lag inmitten von Wiesen und Wäldern und hatte keinen Zaun. Es gab mächtige Bäume dort und bunte Blumen und ein Haus, in dem ein Ehepaar mit seinen Kindern wohnte. Die Jahre vergingen und als die Kinder erwachsen waren, zogen sie fort, und die Eltern blieben allein zurück. Und die Stadt drängte mit ihren Häusern und Straßen immer näher an den alten Garten heran und die Eltern, die nun Großeltern waren, ließen eine hohe Mauer bauen, damit die Bäume und Blumen nicht von der Stadt aufgefressen werden konnten. Als die alten Leute starben, war die Stadt längst um die Mauer und den Garten herum ins Land hinausgewachsen. Niemand wollte das Haus haben und so riss man es ab und baute ein hässliches Mietshaus hin. Zwischen dem übriggebliebenen Garten und dem Mietshaus wurde ein Zaun aufgestellt, und wieder vergingen die Jahre. Die Stadt wuchs, das Mietshaus wurde immer hässlicher, und hinter dem Zaun lag der alte Garten still wie eine verlassene Insel im Häusermeer.

Eines Tages zog ein Junge mit seiner kleinen Schwester und seinen Eltern in das hässliche Mietshaus ein. Von ihrem Fenster aus konnten die Kinder in den alten Garten sehen und sie malten sich aus, wie sie darin spielen würden. Die anderen Kinder sagten, dass hinter dem Zaun ein böser Gärtner hause, und deshalb traute sich keiner hinein.

Doch der Junge war mutig und machte einen Plan, wie er den Gärtner überlisten könnte. Tatsächlich gelang es den Geschwistern, ungesehen in den Garten zu kommen, und als sie dort niemanden entdeckten, packte sie der Übermut. Sie rissen Blätter von den Bäumen und zertrampelten die Blumen; sie drehten Käfer auf den Rücken, dass sie zappelten, sie zerrissen Spinnennetze, sie warfen mit Steinen nach Vögeln und richteten noch so allerlei Zerstörung an. Aber als es dunkel wurde, fanden sie den Weg nicht mehr hinaus, und plötzlich wurde der alte Garten lebendig: Die Tiere konnten

sprechen und die Blumengeister erhoben sich, und alle miteinander beschlossen, dass die Kinder für ihre grausamen Taten sterben mussten. Da hatte Eli einen mächtigen Schreck bekommen, denn obwohl der Junge und seine kleine Schwester ziemlich böse gewesen waren, hatte sie doch Mitleid mit den beiden, und sie war erleichtert, als die Buchenfrau ihnen eine Gnadenfrist gewährte. Sie ließ die Kinder schrumpfen, bis sie klitzeklein waren und schickte sie auf eine abenteuerliche und gefährliche Reise unter die Erde. Sie besuchten die Erdmutter, begegneten dem Meervater, und sie waren zu Gast im Turm der Winde. Von dort flogen sie schließlich in den Garten der alten Dame, die ihre Blumen Kinder nannte, und in dem die guten Gartengeister wohnten.

Und noch später wären sie um ein Haar von gierigen Mäusen verspeist worden. Aber eben nur fast.

Aufregend und gruselig, lustig und ein bisschen traurig war die Geschichte vom alten Garten, und als Paps sie zu Ende gelesen hatte, musste er gleich wieder von vorn beginnen, und danach noch ein drittes Mal. Dann wollte er nicht mehr. Schließlich gebe es noch andere interessante Geschichten. Das stimmte wohl, aber die Erlebnisse der Kinder waren genauso spannend wie Ronjas Abenteuer im Mattiswald, und die hatte Paps so oft vorlesen müssen, bis Eli sie auswendig kannte. Als er gegangen war, hörte sie durchs offene Fenster den Wind in der Eiche flüstern, und sie war nicht mehr Eli, sondern Ronja. Durch den dunklen Mattiswald lief sie in den alten Garten. Der Junge und seine Schwester warteten schon. Zusammen kletterten sie den Kirschbaum hinauf bis zum allerhöchsten Ast, wo die dicksten und süßesten Früchte hingen. Und dann schmatzten sie um die Wette und sie lachten und spuckten die Kerne bis in den Himmel.

„Eli – du sollst nicht träumen, sondern Hausaufgaben machen!" Erschrocken sah Eli zur Tür.

„Das Abendbrot ist fertig", sagte Mama. Sie schaute müde aus.

Der folgende Tag war ein Spätherbstbilderbuchdonnerstag, wie Paps sagen würde. Die Sonne schien vom blitzblauen Himmel und Eli guckte sehnsüchtig von der Schulbank nach draußen. Emma schob ihr ein Zettelchen hin, aber sie tat, als hätte sie es nicht gesehen.

„Wollen wir mit meiner neuen Puppe spielen?", fragte Emma auf dem Heimweg.

Wenn sie nicht gerade damit beschäftigt war, irgendwelche Rechenaufgaben zu lösen, konnte Emma stundenlang Barbie-Puppen ankleiden und auskleiden. Eli hasste Barbie-Puppen und noch mehr hasste sie Rechenaufgaben. Aber am allermeisten hasste sie Emma! Weil sie ihr ständig auf der Pelle hing und sie deshalb nicht zu Frau Meyer in den Garten konnte. Eli hatte überlegt, ihr alles zu erzählen, sich aber dagegen entschieden. Dass Frau Meyer noch lebte, war ihr großes Geheimnis. Plötzlich hatte sie eine Idee, wie sie Emma loswurde.

Sie setzte eine bedauernde Miene auf und erklärte, dass sie leider nicht mitspielen könne, weil sie zum Tennis müsse. Emma verabscheute alles, was mit Sport oder überhaupt mit Bewegung zu tun hatte. Prompt verzog sie das Gesicht.

„Ich werde nämlich jetzt regelmäßig Stunden nehmen", sagte Eli. „Bei meinem persönlichen Kotsch."

Sie hatte zwar keine Ahnung, was ein persönlicher Kotsch war, aber genau so hatte es Birgit gestern Abend gesagt, und Mama hatte entgegnet, dass sie für solche Sperenzchen kein Geld mehr habe. Irgendwie schien Birgit das nicht gefallen zu haben. Jedenfalls war sie nicht lange geblieben.

„Schade", sagte Emma.

Eli freute sich, dass ihr Trick geklappt hatte. Nun hieß es noch, den richtigen Moment abzupassen, um ungesehen in den Garten zu schleichen. Ihr Herz klopfte, als sie sich durch den Mauerspalt zwängte. Ob Frau Meyer wieder im Schaukelstuhl sitzen würde?

Sie saß. „Ich freue mich, dass du mich besuchst", wiederholte sie ihre Begrüßung vom Vortag.

„Ich freue mich auch", sagte Eli.

„Warum schaust du dann so?"

Eli lugte in die Richtung von Emmas Balkon. Was, wenn die dumme Trine mitbekam, dass sie, statt mit ihrem Kotsch Tennis zu üben, mit der gar nicht toten Frau Meyer hier auf der Terrasse war? Als hätte die alte Dame ihre Gedanken gelesen, meinte sie: „Du brauchst dir keine Sorgen zu machen. Der Garten ist so dicht zugewachsen, dass man von außen nicht hineinsehen kann. Und wenn wir nicht

übermäßig laut reden, hört uns auch keiner." Sie senkte ihre Stimme. „Wir sind in einer verbotenen Welt."

Eli hatte keine Ahnung, was sie meinte. Sie zeigte auf den gelben Baum, dessen Blätterkleid sich mächtig gelichtet hatte. „Das ist ein Kirschbaum, gell?"

„Du hast dir einen Kirschbaum gewünscht", sagte Frau Meyer, als wäre es das Selbstverständlichste von der Welt, dass Wünsche umgehend in Erfüllung gingen.

„Den Baum gibt's nur deshalb, weil ich ihn mir gewünscht habe?"

Frau Meyer schüttelte den Kopf. „Der stand schon dort, als ich so alt war wie du."

„Weißt du, was ich mir noch viel, viel mehr wünsche? Dass Mama und Paps nicht mehr streiten und dass wir alle wieder zusammenwohnen."

Die alte Dame lächelte, aber die Fältchen machten nicht mit. „Es gibt Dinge, die sind, es gibt Dinge, die werden. Und es gibt Dinge, die nichts sind und nichts mehr werden. Ich glaube, Nikodemus hat gerufen."

„Wer ist denn Nikodemus?", fragte Eli.

„Er hockt da drüben, der alte Faulenzer." Sie sagte es in einem Ton, als gäbe es nichts Liebenswerteres, als ein alter Faulenzer zu sein. „Ich glaube, er freut sich, wenn du ihm guten Tag sagst."

Neugierig sprang Eli die Terrassentreppe hinunter und lief zum Kirschbaum. Der Stamm war mit Efeu zugewachsen; nur hier und da schaute ein bisschen rissige Rinde unter dem grünen Geranke hervor.

„Ein wundersamer Traum, mein wunderhübscher Baum", summte es von irgendwoher. Dem Summen folgte ein Kichern. „Du musst schon um den Stamm rumgehen."

Eli tat wie geheißen. Zwischen Trichterfarnen lümmelte ein zu groß geratener Gartenzwerg im lichten Gras. Er sah aus, als hätte Eli ihn gerade aus einem Nickerchen geweckt. Seine grauen Hände hielt er im grauen Schoß gefaltet und seine graue Zipfelmütze war ihm übers graue Gesicht gerutscht. Auf seiner grauen Hose hatte er einen grauen Flicken, und als Eli genauer hinschaute, sah sie, dass das ganze Wesen aus verwittertem, grauem Stein bestand.

„Warum kannst du sprechen?", fragte sie entgeistert.

„Warum nicht?", gab er zurück.

„Wer bist du?"

„Ich heiße Nikodemus. Ich bin ein Troll."

Eli erschrak. Ein Dunkeltroll? Hier? Das konnte nicht sein! „Trolle wohnen in Schweden oder Norwegen." Nikodemus kicherte, dass Eli unsicher wurde.

„Das sagt mein Paps, und der weiß Bescheid!"

„Das mag ja sein. Aber manchmal ziehen wir auch um."

Eli dachte an die Worte von Frau Meyer. „Ich habe mir keinen Troll gewünscht."

„Also, bitte! Glaubst du etwa, ich wäre auf dein Wünschen angewiesen, um hier zu sein?"

„Und warum bist du hier?"

„Ich genieße die Sonne."

„Du sitzt im Schatten", stellte Eli fest.

Nikodemus wiegte den grauen Kopf „Wie könnte ich die Sonne genießen, wenn sie mir den Putz verbrennt? Ich schaue zu, wie sie morgens aufgeht und wie sie abends untergeht. Wie sie von Osten nach Westen wandert, wie sie den Himmel färbt, wie sie Lichtmuster auf Blätter und Blumen wirft."

„Und was machst du, wenn die Sonne nicht scheint?"

„Dann gucke ich die Wolken an: wie aus weißen Schäfchen weiße Schafe werden, wie sie zusammenfinden und wieder auseinandergehen, bis sie stumpf und grau sind und um die Wette über den Himmel jagen. Und dann zähle ich die Regentropfen, die von den Blättern fallen, und freue mich, wenn die Sonne wieder scheint."

Eli setzte sich neben ihn. „Bist du ein guter Gartengeist?"

Nikodemus lachte glucksend. „Für einen Geist habe ich ein bisschen zu viel Stein in der Garderobe, meinst du nicht?"

Eli lachte mit. „Und was machst du sonst so?"

„Nachdenken."

„Über was?"

„Über die Tugenden eines klugen Gärtners."

„Was ist ein kluger Gärtner?"

„Du solltest fragen: Was tut ein kluger Gärtner?"

„Und? Was tut er?"

„Das Nötige."

„Und was heißt das?"

Nikodemus betrachtete seine gefalteten Hände. „Ein kluger Gärtner gönnt sich Zeit, um die Blumen blühen zu sehen. Um dem Summen der Bienen zuzuhören. Und dem Flug der Schmetterlinge."

„Schmetterlinge kann man doch nicht hören!"

„Wenn du still bist, kannst du alles hören."

Eli lehnte sich gegen den Baum. „Ich höre nichts!"

„Wie willst du was hören, wenn du sprichst?"

„Aber – "

„Pssst ..."

Ein bunter Schmetterling ließ sich auf einer Blüte nieder. Eli sah, wie er einen dünnen Rüssel entrollte. Sie blieb ganz ruhig sitzen und schaute zu, wie der Falter Nektar trank. Er öffnete und schloss seine Flügel, öffnete sie wieder und flatterte davon. War da nicht ein zartes Vibrieren in der Luft, ein leiser Hauch von Flügelschlag?

Nikodemus lächelte. „Na?"

„Bestimmt habe ich es mir bloß eingebildet."

„Was macht dich so sicher, dass du es dir eingebildet hast?"

Eli zuckte die Schultern. Der Troll zwinkerte ihr zu. „Vielleicht, weil jeder vernünftige Mensch weiß, dass man Schmetterlinge nicht fliegen hören kann?"

„Genau!" Zufrieden war sie mit ihrer Antwort nicht.

Als Eli anderntags in den Garten kam, wünschte sie Frau Meyer schnell einen guten Tag und lief zu Nikodemus, der in den Trichterfarnen döste. Sie hockte sich vor ihn hin. „Sag mal, ist dir nicht manchmal langweilig?"

„Was ist das: langweilig?"

„Du weißt nicht, was Langeweile ist?", fragte Eli verdutzt.

Er dachte nach. „Eine lange Weile ... hm, doch, das kenne ich. Ich schaue gern eine lange Weile zu, wie der Schnee fällt und wie er alle Beete zudeckt, und ich freue mich, wenn er nach einer langen Weile wieder schmilzt, und dann braucht es meistens noch eine arg lange Weile, bis die Farne sich entrollen und mir ein Schattenplätzchen zaubern, aber ich bin ihnen nicht böse, weil im Frühling die Sonne ja noch nicht so stark scheint. Und im Sommer warte ich eine lange Weile, bis im Herbst die Blätter runterfallen, und dann gucke ich mir eine ganz besonders lange Weile alle ihre Farben an."

Eli lachte. Dieser merkwürdige Troll schien tatsächlich nicht zu wissen, was sie meinte. „Langeweile heißt, dass ich mich langweile. Dass ich nichts zu tun habe, dass ...“ Sie stockte. Es war schwer, jemandem die Langeweile zu beschreiben, der sie nicht kannte.

Nikodemus nickte. „Ja. Lange Weile zu haben ist wunderbar.“

„Nein“, rief Eli. „Langeweile zu haben ist grässlich! Weil man nur dumm herumsitzt und ...“

„Jetzt versteh ich's“, unterbrach Nikodemus sie vergnügt. „Meine lange Weile ist deshalb wunderbar, weil ich *klug* herumsitze.“

Eli gab es auf. Schweigend hockten sie beieinander und sobald ein Blatt vom Baum trudelte, betrachtete Nikodemus es aufmerksam. Zögernd tat Eli es ihm nach, und tatsächlich: Jedes hatte eine eigene Form und Farbe. Eins war braungelbrot und herzförmig, ein anderes sah aus wie ein gelb getupfter Tropfen, ein drittes war rotbraungrüngelb, ein viertes hellockergelbgrün mit mohrenkopfbraunen Sprenkeln darin; die einen waren unversehrt, andere hatten gezackte Risse, runde, eckige, kleine und große Löcher, durch die die Herbstsonne blitzte, und wieder anderen fehlten die Ecken und Kanten.

Nikodemus erklärte, dass sie alle im Mai aus dicken runden Knospen gewachsen waren, und in der Junisonne ihre hellgrünen Frühlingskleider gegen sattgrüne Sommerkostüme getauscht hatten. Von den saftigen knackig-roten Kirschen schwärmte er, dass Eli das Wasser im Mund zusammenlief, und zuletzt verriet er, dass der Inhalt der kleinen und großen Löcher als Leibspeise in unzähligen Insektenmägen verschwunden war, und dass viele dieser Insekten in den bunten Blätterhaufen im Garten Winterquartier bezögen.

Der Troll plauderte, ohne sich dabei zu bewegen: mit dem Rücken an den Baum gelehnt, die Beine übereinandergeschlagen, die Hände auf der Hose gefaltet, die graue Zipfelmütze über der grauen Stirn. Ein unaufmerksamer Besucher hätte meinen können, er schliefe, doch Eli wusste, dass er all das gerade wirklich erzählte.

Es war schon spät, als sie zur Terrasse ging. Frau Meyer goss Blumen. „Ich habe mir Nikodemus zwar nicht gewünscht", sagte Eli. „Aber ich freu mich, dass er da ist."

Die alte Dame schmunzelte. „Warte nur, bis du Rudi begegnest."

„Wer ist Rudi?"

„Du wirst schon sehen. Magst du einen Pfefferminztee?"

„Oh ja!"

„Dann lass uns welchen pflücken." Sie stellte die Gießkanne weg und Eli folgte ihr neugierig hinters Haus. Vor einem Beet an der Mauer, auf das die Abendsonne schien, blieben sie stehen. Am Fuß der Mauer war die Erde feucht, und von dort wucherten dichte grüne Pflanzenbüschel über den Weg bis in die angrenzende Wiese.

„Sie sind ein bisschen kess, die Minzen: Wenn sie erst heimisch geworden sind, wird man sie so schnell nicht wieder los", sagte Frau Meyer. „Na ja, wer so gut riecht, darf auch kess sein, nicht wahr?" Sacht führte sie Elis Hand über die Blätter. Der Duft erinnerte an Kaugummi, aber es war noch etwas anderes darin: ein Hauch von Früchten – und Zimt? „Das ist Ingwerminze", erklärte die alte Dame. „Du kannst deinen Tee aber auch mit Banane-, Erdbeer- oder Orangengeschmack haben. Oder möchtest du ihn lieber pur?"

„Mit Erdbeergeschmack!", sagte Eli und zupfte die Blätter so ehrfurchtsvoll von den Stängeln, als wären sie aus Gold.

„Wie riecht es denn hier?", fragte Mama, als sie abends heimkam.

Eli strahlte. „Nach Pfefferminze!" Sie erzählte, dass sie mit der Biologielehrerin unterwegs gewesen waren, und dass sie ganz viele Pfefferminzpflanzen gefunden hätten, in einem großen verwilderten Garten, um den sich niemand mehr kümmerte. Und dass sie ein paar Blätter mitgebracht hatte, weil sie so lecker dufteten.

Und das stimmte ja auch.

Kapitel drei

Nach dem dritten Besuch bei Nikodemus und Frau Meyer beschloss Eli, dass es Zeit wurde, sich vor dem verbotenen Garten zu hüten. Und weil sie in Wahrheit Ronja hieß, war es naheliegend, sich auf die gleiche Art zu hüten, wie es die mutige Räubertochter im Mattiswald tat: indem sie das zu Verhütende so lange übte, bis sie es richtig gut konnte und keine Angst mehr davor haben musste. Also schlich sich Eli fortan in den alten Garten, sooft es möglich war. Am liebsten hätte sie ja täglich geübt, aber das ging leider nicht wegen Emma. Jeden Tag Tennisstunde hätte nicht mal sie geglaubt. Für alle Fälle erfand Eli noch ein paar andere Ausreden, und Mama erzählte sie, dass sie bei ihrer neuen Freundin zum Hausaufgabenmachen war. So konnte sie sich immer öfter vor dem alten Garten hüten, und jedes Mal gab es Interessantes zu sehen, zu hören, zu riechen, zu fühlen – vor allem aber zu schmecken: köstlichen Erdbeer-Pfefferminztee auf der Terrasse bei Frau Meyer nämlich. Und hinterher besuchte sie Nikodemus.

„Warum sitzt du unter dem Kirschbaum?"

Er gähnte, dass die Zipfelmütze rutschte. „Weil ich mich so schön anlehnen kann."

„Auf der Terrasse könntest du dich genausogut anlehnen und schattig ist es da auch."

Er rückte die Mütze gerade. „Ich sitze gut hier. Warum sollte ich etwas daran ändern?"

Eli hatte das Gefühl, dass er innerlich grinste. „Du hast recht. Ein Steintroll kann ja schlecht wandern."

Jetzt grinste er tatsächlich von einem grauen Ohr zum anderen. „Was für eine fantastische Ausrede!"

Eli schüttelte den Kopf und ließ ihn unterm Baum hocken. Wenn sie es recht überlegte: Da gehörte er auch hin.

Der alte Garten bot viele Überraschungen: einen geheimnisvollen, mit Dornengestrüpp überwucherten Pavillon beispielsweise, und einen Teich, der eigentlich eher ein Tümpel war. Am jenseitigen Ufer wuchs buschiges Gras, das diesseitige war mit Farnen gesäumt und sumpfig. Über bemooste Steine gluckerte ein kleiner Bach, der vermutlich irgendwo in den Dornen beim Pavillon entsprang.

Eli ging um den Tümpel herum und erschrak mächtig, als vor ihr ein dicker brauner Frosch ins Wasser hüpfte. Die Scheiben des Pavillons waren angelaufen und die Tür klemmte, aber mit etwas Anstrengung bekam Eli sie auf. Drinnen roch es muffig. An der hinteren Wand hingen Gartengeräte, in der Mitte gruppierten sich Holzstühle um einen Tisch, auf dem eine verblichene blaue Decke lag. Im Sommer war es bestimmt schön hier; jetzt wirkte der dämmrige Raum unheimlich. Mit einem leichten Schaudern zog Eli die Tür zu.

Jeden Morgen wartete Emma vor dem Haus, um mit Eli zur Schule zu gehen. Eli wäre lieber allein gegangen; andererseits war es nicht schlecht, wenn Mama sie regelmäßig mit ihrer angeblichen Freundin sah. Dabei war Emma wirklich die Allerletzte, mit der Eli befreundet sein wollte. Außerdem hatte sie schon Freunde: Frau Meyer und Nikodemus. Und wenn sie überhaupt jemals wieder eine beste Freundin haben wollte, dann bestimmt keine wie Emma, die so brav und wohlerzogen war, dass sie nicht mal was Verbotenes *dachte*. In der Schule mochte sie auch niemand leiden, obwohl sie Eli und die anderen bei den Hausaufgaben abschreiben ließ. Was half das schon, wenn sie ansonsten lauter langweilige Sachen sagte und der erklärte Liebling sämtlicher Lehrer war? Außerdem behauptete sie immer noch, dass Frau Meyer tot sei. Was ja eindeutig nicht stimmte. Eli war inzwischen überzeugt, dass Emma sie nicht absichtlich belog, sondern bloß dumm war und es nicht besser wusste.

So gern Eli wochentags im alten Garten war, so sehr freute sie sich auf die Samstage, an denen Paps sie abholte, auch wenn das Zusammensein mit ihm anders war als früher. Seine Wohnung lag mitten in der Stadt und sie war noch kleiner, noch enger und noch ungemütlicher als die von ihr und Mama. Paps sagte, dass es für sie alle

das Beste sei, aber er sah nicht aus, als ob er das wirklich glaubte. Es stimmte ja auch nicht! Das Beste war ihre schöne alte Wohnung und das wohlige Gefühl, wenn Eli nach der Schule heimkam. Es gab was Leckeres zu essen und Mama half ihr bei den Hausaufgaben. Danach spielte sie manchmal auf dem Klavier, oder sie buk einen leckeren Kuchen und lud Birgit ein. Dazu hatte sie jetzt keine Zeit mehr. Und für andere Dinge auch nicht. Zum Kerzenanzünden. Zum Bücherlesen. Zum Spazierengehen. Zum Lachen. Und Paps genausowenig.

„Du bist doch schon groß", sagte er, als Eli ihn bat, eine Geschichte vorzulesen, und Ronja Räuber nannte er sie kaum noch. Eli sah ihn, sie hörte ihn, und dennoch war er weit weg; oder war sie von ihm weg? Er sagte: „Es ist schön, dass du eine neue Freundin gefunden hast." Mama habe es ihm erzählt.

„Ja. Emma ist eine nette Freundin", sagte Eli.

Obwohl auch Paps nicht mehr so gut zuhörte wie früher, war sie froh über jede Minute, die sie mit ihm verbringen durfte, aber genauso froh war sie, dass sie den alten Garten gefunden hatte. Wann immer Eli an den Garten dachte, konnte sie die Pfefferminzen riechen; sie sah Bäume und Sträucher, die sich im Tümpel zwischen welken Seerosenblättern spiegelten, sie fühlte das Moos, das weich war wie Samt. Und aus dem Kirschbaum hörte sie die Amseln pfeifen wie freche Jungs. Und so wurde der verbotene Garten zu Ronjas wildem Wald und Frau Meyers Haus zur Mattisburg. Obwohl die alte Dame ganz und gar nicht wie ein Räuberhauptmann aussah.

* * *

Bald wurden die Tage kürzer und die Nächte kalt, und morgens hüllte Nebel Straßen und Häuser ein. An einem Oktobermorgen fielen mehrere Stunden aus, und als Emma und Eli von der Schule nach Hause gingen, hing der Nebel noch in der Luft.

„Wollen wir zusammen Hausaufgaben machen?", fragte Emma.

„Ich muss zum Tennis", sagte Eli.

Emma guckte traurig, sagte aber nichts. Eli wartete, bis sie außer Sichtweite war. Ein bisschen tat sie ihr schon leid. Irgendwie war sie ja doch ganz nett – wenn sie bloß nicht so schrecklich langweilig wäre! Im Mattiswald hätte sie keinen Tag überlebt. Eli schlüpfte

durch den Mauerspalt und blieb erstaunt stehen: Der alte Garten war ein Zauberland! Über Wiese und Teich breitete sich ein wattiges Tuch, in Büsche und Bäume waren zartweiße Gespinste gewebt und die Blumen sahen aus, als wären sie mit Milch übermalt. Es war so still, als hätte jemand die Zeit angehalten. Eli lief zu Nikodemus. Er berührte mit dem Zeigefinger seinen Mund. Sie nickte und setzte sich. Und so saßen sie beieinander und schauten die Ruhe im Garten an. Langsam wurde der Nebel heller; jetzt brach die Sonne durch, und das Wattetuch löste sich in einen luftigen Schleier auf. Farben, Gerüche und Töne kehrten zurück: Laub raschelte, Vögel zwitscherten und die weißen Gespinste wurden silbern und von der Sonne mit funkelnden Perlen bestickt.

„Wie schön!", rief Eli.

Nikodemus lächelte und sagte nichts.

„Altweibersommer", meinte Frau Meyer, als Eli auf die Terrasse kam. Die alte Dame hatte eine dicke Jacke an und saß wie gewohnt in ihrem Schaukelstuhl.

„Warum heißt das eigentlich so?", wollte Eli wissen.

„Weil das Vergehende noch mal leuchtet im letzten Licht, bevor es endgültig Abschied nimmt." Sie lächelte und alle Fältchen in ihrem Gesicht lächelten mit. „Dieses Jahr sind sie arg spät dran, die alten Weiber. Genau wie ich."

„Du gehst aber nicht", sagte Eli.

„Irgendwann schon."

Eli stemmte die Hände in die Seiten, wie es Mama tat, wenn ihr etwas gründlich missfiel. „Ich verbiet's dir!"

Frau Meyer lachte. Eli hatte eine Idee. „Was hältst du davon, wenn ich bei dir einziehe?"

Sie wartete die Antwort nicht ab und rannte nach Hause. Mama guckte ein bisschen komisch, dann sagte sie Ja und packte ganz schnell zwei Koffer. Zusammen gingen sie zum Vordereingang von Frau Meyers Haus. Das schmiedeeiserne Tor stand offen, und Frau Meyer erwartete sie schon. Lächelnd nahm sie Mama einen Koffer ab und bat sie auf die Terrasse. Es roch nach Kaffee, Schokoladenkuchen und Pfefferminztee. In Frau Meyers Schaukelstuhl saß Paps und lachte. Mama lachte auch und gab ihm einen Kuss. Sie aßen alle zusammen den Schokoladenkuchen auf und Mama half Frau Mey-

er beim Abräumen. Eli ging mit Paps zum Kirschbaum. Nikodemus rückte seine Zipfelmütze gerade und gab Paps artig die graue Hand. Und dann kletterten sie bis zum höchsten Ast hinauf und schlugen sich den Bauch mit saftigen Kirschen voll, und dann –

„Das geht nicht."

Frau Meyer hatte Eli aus ihren Träumen geholt; sie fühlte sich müde und traurig. „Warum denn nicht?"

„Ich glaube, Rudi ruft."

„Wer ist denn Rudi?"

„Du hast Rudi noch nicht gesehen? Obwohl du so oft beim Teich warst?"

Eli schüttelte den Kopf.

„Schau bei dem alten Baumstumpf nach", riet Frau Meyer.

Die Traurigkeit löste sich auf wie der Nebel. Eli lief zum Tümpel, ging in die Hocke und inspizierte den bemoosten Wurzelstumpf am sumpfigen Ufer. Was für ein Baum mochte hier einst gestanden haben? Die abgestorbenen Wurzeln waren ineinander verflochten und reichten bis ins Wasser. Sie sahen geheimnisvoll aus; jedoch konnte Eli nichts darin entdecken, das den Namen Rudi hätte tragen können. Ob Frau Meyer den dicken Frosch meinte, der ihr neulich über den Weg gehüpft war? Aber den hatte sie Kasimir getauft, und wenn sie sich richtig erinnerte, hatte sie das Frau Meyer auch gesagt.

Enttäuscht stand Eli auf und wollte zur Terrasse zurückgehen, als sie ein Geräusch hörte. Das heißt, sie glaubte, es zu hören; vielleicht war es bloß der Wind?

„Trillala, Trupsassa", klang es aus dem Stumpf. Der Wind war das jedenfalls nicht.

Sie hockte sich wieder hin und schaute angestrengt in die verschlungenen Wurzeln. „Rudi?"

„Also bitte!", kam es beleidigt zurück, und das war nun wahrhaftig deutlich zu verstehen. „Ich lege allergrößten Wert darauf, bei meinem richtigen Namen genannt zu werden!"

Eli fiel vor Schreck fast in den Teich. Sie starrte abwechselnd auf die Wurzeln und ins Wasser, aber da war noch immer nichts zu sehen außer ihr Spiegelbild, dunkelgrünes Moos und jede Menge Hechtkraut und Brunnenkresse, die um die Wette wucherten. „Wer bist du?", rief sie. „Und vor allem: Wo bist du?"

„Ich heiße Graf Luitpold Rudolphius Ordinarius von und zu Waggoner und bin im Allgemeinen überall bekannt!", drang es entrüstet vom Wurzelstumpf.

„Das ist ja schön", sagte Eli. „Aber ich kann dich nicht sehen."

„Dann schau doch richtig hin!"

Tatsächlich: Über das Moos kroch eine winzige rote Schlange mit einem winzigen schwarzen Kopf, aber als Eli sie näher in Augenschein nahm, sah sie zu ihrer Überraschung, dass es keine Schlange, sondern eine klitzekleine Eisenbahn war. Mit einer Dampflokomotive ohne Dampf, einem Kohlentender ohne Kohlen und einem rostigroten Waggon mit blauweißkarierten Vorhängen vor den winzigen Fenstern. Das mit dem Kohlentender und dem Dampf wusste sie allerdings nur, weil ihr Paps die Geschichte von Lukas dem Lokomotivführer vorgelesen und sie ihm anschließend Löcher in den Bauch gefragt hatte. Die Züge, mit denen sie fuhr, schauten nämlich völlig anders aus, Kohlen brauchten die nicht.

Trotzdem: Was sie da sah, konnte nicht sein! Eli überlegte, welche Schlangen an Teichen vorkamen. Vielleicht eine Blindschleiche? Aber Paps hatte erzählt, dass Blindschleichen gar keine Schlangen sind und nur so aussehen. Und außerdem waren sie nicht rot.

„Bist du eine besondere Blindschleiche?", fragte sie.

„Das ist ja wohl die Höhe!", schimpfte es aus dem Moos. „Ich schleiche nicht und ich bin nicht blind. Und Rudi will ich gleich gar nicht heißen!"

Ach du liebe Zeit, da hatte wohl jemand ihre Worte in den völlig falschen Hals bekommen. Eli lachte. „Nein, nein! Eine Blindschleiche ist ein Tier, das aussieht wie eine Schlange, aber keine ist, und das wiederum so ähnlich aussieht wie du. Und deinen Namen hat mir Frau Meyer verraten."

„Das verstehe ich zwar nicht, aber es klingt ehrlich", sagte Rudi. Er hielt an, und Eli meinte, ein leises Bremsenquietschen zu hören, obwohl das natürlich Unfug war.

„Ich habe ein großes Geheimnis", sagte Rudi verschwörerisch. „Nach außen sehe ich aus wie eine mickrige Eisenbahn, aber in Wirklichkeit bin ich ein prächtiges Schiff."

Eli verstand auch nichts. „So kleine Eisenbahnen gibt es aber gar nicht."

„Siehst du doch, dass es sie gibt."

„Bist du mir arg böse, wenn ich zugebe, dass ich deinen langen Namen nicht behalten kann?"

„Bekannte dürfen mich Graf Luigi nennen. Freunde sagen Luigi. Du kannst es dir aussuchen", meinte er gönnerhaft.

„Wie bist du denn in diesen Garten gekommen?", fragte Eli. „Hier gibt's doch gar keine Schienen."

„Wie bist du denn hineingekommen? Hier gibt's doch gar keine Straßen."

Da war was dran. „Warum bist du so klein?"

„Klein?" Jetzt war Luigi-Rudi aber wirklich aufgebracht. „Ich bin das größte Schiff der Welt, und ich kann über alle Meere segeln!"

„Wie kannst du ein Schiff sein, wenn du eine Eisenbahn bist und einen so schönen Waggon hast? Und wo ist überhaupt der Dampf?"

„Du findest meinen Waggon schön?", fragte Luigi-Rudi gerührt.

Eli nickte. „Besonders die Gardinen. Verrätst du mir, warum du unbedingt ein Schiff sein willst?"

„Ich will kein Schiff sein, ich bin eins", sagte er im Brustton der Überzeugung, und einen Moment lang sah Eli einen stolzen Dreimaster vor sich, der lautlos über einen endlosen Ozean glitt. „Ich bin ein Schiff, weil ein Schiff zu sein Spaß macht."

„Eine Eisenbahn zu sein macht keinen Spaß?"

„Nö. Tagein, tagaus immer die gleiche Strecke zu fahren, ist schrecklich langweilig. Aber ein Schiff, das segelt mit seinen großen weißen Segeln kreuz und quer überallhin, bis zum Ende der Welt, und sogar über die Wolken zur Sonne. Ich bin nämlich auch ein Luftschiff und bau dir ein wunderhübsches Schloss, wenn du willst."

Ein bisschen größenwahnsinnig war die kleine Eisenbahn ja schon, fand Eli. Aber lustig! Und so taufte Eli sie im Stillen Luigi, die lustige Lok. „Darf ich mal mitfahren?", fragte sie und machte sich keine Sekunde Gedanken darüber, wie sie in den winzigen Waggon hineinpassen sollte.

„Na klar." Luigi-Rudi ließ die Tür aufspringen.

Eli musste lachen, denn jetzt hatte sie das Quietschen deutlich gehört.

Als sie zu Frau Meyer zurückkam, dämmerte es schon. „Ich bin mit Graf Luigi in den Himmel gereist!", rief sie begeistert. „Erst sind wir

rundherum um den Stamm vom Kirschbaum bis zum allerhöchsten Ast gefahren und dann übers Dach von deinem Haus bis hinauf zu den Wolken!"

„Graf Luigi?", sagte Frau Meyer belustigt. „Manchmal stapelt er ein wenig hoch, unser rostiger Rudi."

Bevor Eli etwas sagen konnte, fügte sie hinzu: „Das mit der Eisenbahn im Garten war Ottos Idee, und weil sie nicht so ganz wetterfest war, hat er sie rostiger Rudi getauft. Und später sind die Brenn-Nesseln drübergewachsen." Sie lächelte in sich hinein. Eli hatte das Gefühl, dass sie völlig vergessen hatte, dass sie da war. „Mein Otto war schon ein verrückter Kerl." Sie sah Eli an. „Wenn du magst, können wir nächstes Jahr eine Suppe daraus kochen. Im Herbst schmeckt es nicht mehr recht."

„Du willst aus Luigi eine Suppe kochen?", rief Eli entrüstet.

Frau Meyer lachte. „Nein. Aus den Brenn-Nesseln natürlich. Im Frühling, wenn sie frisch austreiben, schmecken sie nämlich richtig lecker. Das hat dir deine Oma sicher auch verraten, oder?"

Eli nickte. „Heißt Graf Luigi jetzt Rudi oder bloß Luigi, oder wie sonst?"

„Wie heißt du denn?", fragte Frau Meyer amüsiert. „Elisabetha? Ronja? Oder bloß Eli?"

„Wenn es wahr ist, was du sagst, hat er mich belogen mit seinem langen adligen Namen!"

„Es ist eine hübsche Geschichte. Ob die nun wahr ist oder nicht: Wer weiß das schon?"

Das war nicht die Art von Antwort, die Eli weiterhalf. Einer von beiden hatte sie angeschwindelt und sie musste herausfinden, wer.

Obwohl es schon ziemlich duster war, ließ sie sich nicht abhalten, noch mal zum Teich zu gehen. Wenn es stimmte, was Frau Meyer sagte, war Rudi nicht nur nicht Luigi, dann wohnte er auch nicht in der geheimnisvollen Wurzel, sondern in irgendwelchen banalen Brenn-Nesseln. Andererseits: Sie war mit ihm mitgefahren. Sie konnte sich nicht so getäuscht haben, oder? Auf dem Baumstumpf war Moos und sonst nichts, so sehr Eli auch suchte und rief. Vielleicht war er inzwischen schlafen gegangen und hörte sie nicht? Oder lag es an dem schwindenden Licht, dass sie ihn nirgends entdecken konnte? Eli lief um den Tümpel herum zum jenseitigen Ufer. Die Grashalme

reichten ihr bis zu den Knien; Gesträuch und Gestrüpp wuchsen dazwischen, Herbstastern, deren Farben in der Dämmerung verblassten, und jede Menge Brenn-Nesseln.

Sie stolperte über irgendwas. Mit den Schuhen schob sie das Gras beiseite und sah die Reste eines vermoderten Baumstumpfs. Und da stand sie: eine Spielzeugeisenbahn mit einem Kohlentender und einem roten, rostigen Waggon. Aber die war viel größer als Luigi! Eli zuckte zurück, als sie sich an den Brenn-Nesseln verbrannte. Die Eisenbahn gab es also tatsächlich. Doch sosehr sie auf sie einredete, sie hörte weder auf den Namen Rudi noch Luigi. Am Teich raschelte es, und ein Schatten huschte unter den Wurzelstumpf.

Eine Blindschleiche? Oder ... ? Grübelnd kehrte Eli zur Terrasse zurück. „Ich versteh's nicht. Ich hab mit ihm gesprochen und wir sind durch den Garten gefahren. Und er war klitzeklein und hat gesagt, dass er ein großes Schiff ist."

Frau Meyers Fältchen kräuselten sich vergnügt auf ihrer Stirn. „Für meinen Otto war er Rudi, die rostige Eisenbahn, und für dich ist er eben Luigi, die lustige Lok."

„Das geht nicht!", sagte Eli.

„Warum?", fragte die alte Dame, und das klang wirklich sehr erstaunt.

Erst zu Hause fiel Eli auf, dass sie Frau Meyer gar nichts von einer lustigen Lok erzählt hatte. Und auch nichts von Oma Marias Brenn-Nesselsuppe. Woher wusste sie das also? Hatte sie sie etwa am Teich belauscht? Aber das mit der lustigen Lok hatte sie nur gedacht! Wenn es stimmte, was Nikodemus sagte, dass man Schmetterlinge hören konnte: Galt das auch für Gedanken? Eli überlegte. Frau Meyer hatte nur Oma gesagt und überhaupt keinen Namen genannt. Na gut, Oma Augusta konnte sie nicht gemeint haben, die wusste bestimmt nicht mal, dass Brenn-Nesseln Brenn-Nesseln hießen. Und wenn Frau Meyer Oma Maria gekannt hatte? Womöglich aus der Zeit, als Oma Maria noch mit Opa Friedhelm verheiratet gewesen war und den schönen Kirschbaumgarten gehabt hatte? Vielleicht war dieser Garten ja sogar hier irgendwo in der Nähe? Nein, Oma Maria hatte erzählt, dass er ganz weit weg war. Und Paps hatte das auch gesagt. Aber Frau Meyer hatte gewusst, dass Eli Elisabetha hieß – und Ronja, obwohl das doch ein großes Geheimnis zwischen ihr und Paps war.

Dafür konnte es nur eine Erklärung geben: Frau Meyer kannte Paps!
Eli öffnete das Fenster. Die Straßenlaternen streuten gelbe Flecken
auf den Bürgersteig und am Himmel stand ein dünner Mond. Wenn
Paps Frau Meyer kennen würde, hätte er ihr das erzählt. Ganz bestimmt hätte er das! Und noch ganz bestimmter würde er nie, nie
eins ihrer großen Geheimnisse verraten! Außerdem wohnte Frau
Meyer viel zu weit weg von Paps. Und warum hätte er ihr von Oma
Marias Brenn-Nesselsuppe erzählen sollen, die ihm überhaupt gar
nicht schmeckte? Nein, das konnte alles nicht sein. Eli grübelte und
grübelte. Und wenn sie es am Ende selbst gewesen war? Wenn sie
bei ihren täglichen Pfefferminzteestunden auf Frau Meyers Terrasse
irgendwann irgendwelche Sachen ausgeplaudert hatte, ohne es recht
zu merken? Je mehr Eli versuchte, sich zu erinnern, desto weniger
schaffte sie es. Ihre Gedanken fuhren Karussell, bis ihr schwindlig
wurde.

Plötzlich musste sie lachen. War das nicht alles ganz und gar egal?
Sie machte das Fenster zu und ging schlafen.

Winter.

Wer nicht auf seine Weise denkt,
denkt überhaupt nicht.

Oskar Wilde

Kapitel vier

Auch als alle Blätter gefallen waren, blieb der alte Garten verborgen. Eli beugte sich weit über die Brüstung an Emmas Balkon und konnte trotzdem nicht mehr erkennen als verwitterte Dachziegel zwischen kahlen Kirschbaum-Ästen, den verrosteten Wetterhahn auf dem Pavillon und einen dunkel schimmernden Zipfel vom Teich. Und einen Wald aus Bambus hinter dem Mauerstück, das an den Reihenhausgarten von Emmas Eltern grenzte. Eli mochte den Bambus, weil er so groß und so grün war, und weil seine raschelnden Blätter Geschichten erzählten, von einem fremden, fernen Land.

Emmas Mutter mochte den Bambus nicht, weil seine Blätter über die Mauer auf den Rasen rieselten, und die Mauer mochte sie nicht, weil sie Schatten warf. Und weil ihre Mutter all das nicht mochte, mochte Emma es auch nicht, denn sie mochte immer alles nicht, was ihre Mutti nicht mochte. Eli hätte sie schütteln mögen. Wie konnte man bloß so schrecklich brav und öde sein? Vielleicht lag es an ihrem Paps? Kennengelernt hatte Eli ihn zwar noch nicht, aber ein Paps, der keine Geschichten erzählen konnte, war das Ödeste, was es überhaupt auf der Welt gab. Emma hatte behauptet, dass er ihr noch nie etwas vorgelesen habe! Das war zwar kaum zu glauben, aber da Emma fast immer die Wahrheit sagte, stimmte es wohl. Sie nannte ihn auch gar nicht Paps, sondern Papi. Mutti und Papi – das sagten doch nur kleine Kinder! Natürlich kannte Emma auch die Abenteuer von Ronja nicht, aber als Eli sie erzählen wollte, winkte sie ab.

„Warum soll ich über erfundene Geschichten nachdenken? Ich denke viel lieber über das Wirkliche nach, zum Beispiel, wie ich den Aufsatz über mein schönstes Erlebnis anfangen soll."

Das wiederum konnte Eli gut verstehen: Woher sollte jemand wie Emma ein schönstes Erlebnis nehmen? „Du kannst dir wirklich nicht vorstellen, dass du eine Fee bist oder ein Troll oder ein Räubermädchen? Oder dass du zumindest einem begegnest?"

Emma guckte böse. „Wie kannst du ein Räubermädchen sein wollen!" Eli setzte zum zweiten Mal an, von Ronja und der Mattisburg zu erzählen, aber Emma fiel ihr ins Wort. „Mein Papi sagt, dass Raub ein ganz schlimmer Tatbestand ist, und dass jemand, der so etwas tut, zurecht für lange Zeit ins Gefängnis wandert."

Was immer ein Tatbestand war, es gefiel Eli nicht. Sie war Ronja Räubertochter: stark, mutig, verwegen, wild! Und Paps war der unbesiegbare Räuberhauptmann Mattis, den sie über alles liebte, und der sie vor Dunkeltrollen und Rumpelwichten beschützte.

„Mein Papi fängt nämlich die Räuber", sagte Emma. „Er hat sogar eine echte Pistole und schießt, wenn sie nicht tun, was er sagt." Ihre Wangen glühten vor Stolz. „Mein Papi ist Polizist."

Eli mochte es nicht eingestehen, aber Polizist war fast so gut wie Räuberhauptmann.

„Und weil mein Papi Polizist ist, muss ich mich natürlich an die Gesetze halten", fügte Emma feierlich hinzu.

Am liebsten wäre Eli davongerannt. Das war so ungerecht! Warum hatte die dumme Emma einen so interessanten Paps und sie hatte keinen mehr?

Das Weihnachtsfest war das traurigste, das Eli je erlebt hatte. Früher hatte Paps sie mit zum Christbaumbesorgen genommen, wie er es nannte, immer auf den letzten Drücker, wie Mama behauptete, aber ihre Befürchtung, dass sie nur noch die allerletzte krumme Krücke bekämen, wischte Paps mit einem Räuberhauptmannslächeln beiseite. Er drückte ihr einen Kuss auf die Backe und meinte, er habe schließlich seine Quellen. Mama schaute ein bisschen böse, aber nur ein kleines bisschen. Paps fuhr durch die halbe Stadt spazieren und fand ruck zuck einen kerzengeraden und riesengroßen Baum, den er auf dem Autodach vertäute, wo er vorn und hinten überhing, und dann mussten die Nachbarn helfen, ihn in die Wohnung zu tragen, wo Mama die Hände über dem Kopf zusammenschlug, weil das Ding unmöglich ins Wohnzimmer passen konnte. Aber das Ding passte auf wundersame Weise jedes Jahr, und kaum stand der Baum im

Ständer, musste Eli aus dem Zimmer und durfte erst abends wieder hinein, wenn Paps mit dem Glöckchen bimmelte. Es roch nach Lebkuchen und Kerzenwachs, nach geknackten Nüssen und der Gulaschsuppe, die es immer an Heiligabend gab. Der Baum war ein Märchenbaum aus Lichtern und Kugeln und Sternen aus Glas, und Mama freute sich, weil alles so schön aussah, und Paps freute sich, weil Mama sich freute.

Dann sangen sie zusammen ein Lied und Eli freute sich, dass sie endlich ihre Geschenke unter dem Lichterbaum auspacken durfte. Und Mama und Paps freuten sich, ihr dabei zuzusehen. Und dann klingelte es, und Oma Maria brachte einen selbstgebackenen Schokoladenkuchen vorbei, und Oma Augusta rief von Sonstwo an, dass sie was für Eli aufs Sparbuch getan habe, und dass sie leider dieses Jahr terminlich verhindert sei. Aber beim nächsten Mal komme sie ganz bestimmt! Und alle lachten, denn jeder wusste, dass Oma Augusta Weihnachten nicht ausstehen konnte, und dass sie ihre Reisen immer genau so plante, dass sie ganz bestimmt nicht da war.

Dieses Jahr rief Oma Augusta aus Tokio an, und Oma Maria konnte ja nicht mehr mit dem Schokoladenkuchen kommen, und Eli hoffte, dass sie von ihrem himmlischen Garten aus nicht sehen konnte, was aus ihrem Fest geworden war. Weil Mamas Wohnzimmer so klein war, passte nur ein kleiner Christbaum rein, und weil Paps nicht mehr da war, um ihn zu besorgen und Mama keine Zeit hatte, bestellte sie im Katalog einen Karton mit grünen Plastikteilen, die man mit einigen wenigen Handgriffen zu einem traumhaft echt aussehenden Weihnachtsbaum zusammenbasteln konnte. Es wurden dann eine Menge mehr Handgriffe daraus und das Ergebnis roch nach einer Mischung aus Zahnpasta und Waschmittel.

„Wenigstens nadelt er nicht", sagte Mama, aber sie sah nicht wirklich glücklich aus.

Paps kam abends vorbei, sah den Baum und sagte nichts. Er sah auch nicht glücklich aus, und überhaupt war nichts so, wie es an einem solchen Abend zu sein hatte. Weil Eli den geschmückten Baum schon gesehen hatte, verzichtete Paps auf das Glöckchen, und Mama hatte Kopfweh und keine Lust zu singen. So saßen sie stumm nebeneinander auf dem Sofa und sahen zu, wie Eli ihre Geschenke auspackte: ein gelber Anorak und rote Winterstiefel von Mama, ein

meerblauer Bademantel und zwei Haarspangen von Paps. Und ein Teller mit Vanilleplätzchen, die aber nicht selbstgebacken waren, denn Mama hatte keine Zeit dafür gehabt. Dann aßen sie in der Küche die Gulaschsuppe, und die war aus der Dose, weil Mama erst spät von der Arbeit gekommen war, und Paps alles konnte, nur nicht kochen. Auch beim Essen sagten die beiden kein Wort und zum ersten Mal war Eli froh, als Paps ging. Sie wünschte Mama eine gute Nacht und flüchtete in ihr Zimmer.

Durch das Fenster schien der Mond. Eli öffnete es; ein Hauch nach Schnee wehte herein. Sie versuchte, in der Dunkelheit den Kirschbaum zu entdecken, und je länger sie schaute, desto deutlicher zeichnete sich seine Silhouette aus schwarzen Ästen gegen den Mond und unruhig ziehende Wolken ab. Was die alte Frau Meyer jetzt wohl machte? Bescherte sie Nikodemus und Luigi bei Kerzenschein auf der Terrasse? Brr! Dafür war es zu kalt. Am Ende saß sie ganz allein in ihrem Haus und weinte, weil niemand sie besuchen kam? Elis Blick fiel auf das Blumengitter. Es war verrostet wie Luigi, aber Luigi war lustig und das Gitter war öde. Eli schlich ins Wohnzimmer und zog ihren neuen Anorak und die roten Stiefel an, die weich und warm waren.

Die Welt war anders im Dunkeln, und der Durchlass in der Mauer führte in ein geheimnisvolles Land. Der Mond verwandelte Bäume und Sträucher in Schattenwesen und warf blasses Licht in graues Gras. Eli lief zum Kirschbaum, um Nikodemus ein frohes Fest zu wünschen. Die Zipfelmütze war ihm übers Gesicht gerutscht, Füße, Beine und Hände waren mit welkem Laub bedeckt. Wenn Eli es nicht besser gewusst hätte, hätte sie geschworen, dass unter der Mütze Schnarchgeräusche hervordrangen.

Dieser unmögliche Troll brachte es tatsächlich fertig, den Heiligen Abend zu verschlafen! Aber Frau Meyer war noch wach. Zumindest schloss Eli das aus dem schwachen Lichtschein, der aus dem Fenster an der Terrasse drang. Sie versuchte, nach drinnen zu schauen, doch sie konnte nichts erkennen. Eine schwarze Wolke schob sich vor den Mond. Drumherum blinkten Sterne. Ob Oma Maria in ihrem himmlischen Garten auch Weihnachten feierte? „Ich fahre mit Eli nachher kurz zu Mutter und bringe die Kuchenplatte zurück", sagte Paps für gewöhnlich, wenn Mama am ersten Feiertag nach dem Gänsebraten den Schokoladenpudding servierte. Obwohl Mama freundlich nickte,

hatte Eli das Gefühl, dass ihr dieser Besuch aus irgendeinem Grund missfiel. In Oma Marias Häuschen passte nur ein sehr kleiner Christbaum, kleiner noch als der, den Mama dieses Jahr zusammengesteckt hatte, aber wie hübsch hatte der immer ausgesehen: mit roten und goldenen Engeln und allerlei Zuckerzeug mit Löchern in der Mitte, durch die Bindfäden gezogen wurden, damit man es in die duftenden Zweige hängen konnte. Paps und Eli bekamen handgestrickte Handschuhe und Ringelsocken, für Mama packte Oma Maria Selbstgemachtes aus dem Garten ein; Erdbeer- und Stachelbeermarmelade, Holundersirup, Essiggurken, Gläser voller Sauerkraut und jede Menge Nüsse, Äpfel und Birnen. Und wenn sie abends mit all den Gaben heimkamen, roch es im Flur noch nach dem knusprigen Gänsebraten, und Mama betrachtete kopfschüttelnd die Kisten und die Uhr, und Paps gab ihr einen Kuss, und alles war gut.

Plötzlich öffnete sich die Terrassentür.

„Komm herein", sagte Frau Meyer. Nichts sonst. Keine Fragen nach dem Wie, Woher oder Warum, oder was Erwachsene sonst so wissen wollten, wenn Kinder ein bisschen ungewöhnliche Dinge taten.

Eli war überrascht, dass Frau Meyers Wohnstube fast genauso aussah wie die von Oma Maria. Der Kachelofen hatte sogar die gleiche wiesengrüne Farbe. Kerzen ließen flackernde Schatten über die Wände tanzen und der Christbaum berührte mit der Spitze die Decke. Es hingen so viele Kugeln, Sterne und Engel daran, als hätten Oma Maria und Mama ihn gleich doppelt geschmückt. Nur das Naschwerk fehlte. Dafür duftete es nach Vanilleplätzchen und Tannengrün.

Dann klingelte das Glöckchen.

Eli stand da und staunte, und Frau Meyer sagte: „Willst du dein Geschenk nicht auspacken?"

„Aber ich habe gar nichts für dich", sagte Eli traurig.

Die alte Dame lächelte. „Doch. Du bist da."

Unter dem Baum lag ein blau verpacktes Päckchen mit einer silbernen Schleife. „Was ist da drin?", fragte Eli.

„Vielleicht das, was du dir am allermeisten wünschst?"

Neugierig nahm Eli das Päckchen. Es war sehr leicht und ihr wollte rein gar nichts einfallen, was da hätte drin sein können. Eines aber ganz gewiss nicht: ihr größter Wunsch. Oder doch? Fragend sah sie Frau Meyer an; sie zuckte die Schultern. „Rudi hat es vorhin vorbeige-

bracht. Er fährt nämlich die Geschenke aus. Das hat zumindest mein verrückter Otto behauptet, und da will ich es mal glauben."

Eli lachte, nestelte die Schleife auf und entfernte das Papier. Zum Vorschein kam eine kleine rote Schachtel. Eli öffnete sie – und vor Enttäuschung schossen ihr Tränen in die Augen.

„Gefällt dir dein Geschenk nicht?", fragte Frau Meyer.

„Du hast gelogen! Da ist überhaupt nichts drin!"

„Woher soll ich denn wissen, was dein größter Wunsch ist, liebes Kind?"

„Du hast es aber doch gerade behauptet!"

„Nein. Ich habe gesagt, dass vielleicht dein größter Wunsch in dem Päckchen ist, nicht jedoch, was dein größter Wunsch ist."

Zum ersten Mal war Eli wütend auf die alte Dame, die so lieb aussah wie Oma Maria, und es offenbar faustdick hinter den Ohren hatte wie Oma Augusta. „Ich hab's dir doch neulich gesagt! Ich will, dass Mama und Paps sich wieder liebhaben, und dass wir zusammen in unserer alten Wohnung wohnen, und überhaupt: dass alles genau so ist wie früher."

„Was heißt *früher*?", fragte Frau Meyer freundlich.

„Als Paps mir abends Geschichten erzählt hat und als wir bei Oma Maria an Weihnachten zu Besuch waren."

„Und wann soll das Früher ganz genau anfangen?"

Was für eine dumme Frage! Eli machte den Mund auf, schloss ihn aber wieder. Wenn sie darüber nachdachte, war es wirklich nicht einfach: Kurz nachdem Oma Maria in den Himmel gezogen war, hatte Eli lesen gelernt, und obwohl sie Paps' Geschichten über alles liebte, war es schön, endlich zu verstehen, was unter den bunten Bildern in ihrem dicken Wissensbuch stand und was auf den Plakaten in den Schaufenstern und was auf Mamas Tuben und Tiegeln im Badezimmer. Wenn Oma Maria wieder da wäre, könnte sie das alles immer noch nicht, und wenn sie wieder in ihrer alten Wohnung wohnen würde, könnte sie nicht mehr in Frau Meyers Garten kommen, denn der wäre viel zu weit weg. Sie hätte Paps zurück; dafür würde sie Nikodemus, Frau Meyer und den lustigen Luigi nie wiedersehen, und Emma auch nicht. Na gut, auf Emma konnte sie verzichten. Aber eigentlich war es sogar noch schlimmer: Wenn alles wie früher wäre, hätte sie den alten Garten überhaupt

nie gefunden! Sie hätte nicht einmal gewusst, dass es ihn gab. Nein, das war keine dumme, sondern eine kluge Frage gewesen. Und eine ziemlich komplizierte dazu.

Frau Meyer lächelte. „Du solltest nachschauen, was wirklich in dem Päckchen ist."

Eli war sich sicher, dass immer noch genauso nichts darin war wie vorhin; sie hatte es ja keinen Moment aus der Hand gelegt. Trotzdem besah sie es sich von Neuem, schüttelte, drehte und wendete es. Nicht mal ein Staubkorn fiel heraus. „Da, bitte! Nix."

„Es mag sein, dass dein größter Wunsch ein bisschen ungenau war", sagte die alte Dame und hielt die Schachtel so, dass Eli hineinsehen konnte. „Schau: Platz für das, was aus dem Gestern werden wird. Das Morgen."

Elis Gedanken schlugen einen Purzelbaum, und dann verstand sie: Sie musste es anders herum anfangen! Sie durfte sich die Dinge nicht wünschen, wie sie gewesen waren, sie musste sich die Dinge wünschen, wie sie werden sollten. Sie nahm das Päckchen und sprach feierlich hinein: „Ich wünsche mir, dass Paps und Mama sich ab morgen wieder liebhaben, dass wir alle drei bald zu Frau Meyer ziehen, dass ich im neuen Jahr jeden Tag mit Nikodemus und Luigi im Garten sein kann und dass ich nicht mehr heimlich kommen muss." Sie sah Frau Meyer an. „Und außerdem fänd ich's schön, wenn wir sonntags bei dir auf der Terrasse alle zusammen Schokoladenkuchen essen." Die alte Dame schwieg eine Weile, bevor sie antwortete.

„Und wenn deine Eltern sich etwas anderes wünschen als du? Und ich vielleicht auch?"

„Ich dachte, du freust dich, wenn du nicht allein bist!", entgegnete Eli enttäuscht. „Oma Maria hat immer gejammert, dass wir so selten zu ihr kommen. Und dass ihr der Rücken wehtut und dass sie den Garten kaum noch schafft und …"

„Ich bin nur zu Gast."

„Aber bei wem bist du zu Gast? Hier wohnt doch gar keiner!"

Frau Meyer setzte sich auf die Ofenbank. „Ich kann es dir nicht sagen."

„Warum denn nicht?", rief Eli. „Hast du die ganze Zeit geflunkert und das ist gar nicht dein Haus? Und auch nicht dein Garten? Und du schleichst dich genauso hier rein wie ich?"

Die Fältchen um Frau Meyers Augen zeichneten ein verschmitztes Lächeln nach. „Na ja, so was in der Art."

Sie sah aus wie Paps, wenn er eine seiner verrückten Ideen hatte. Zum Beispiel, bei den Elefanten im Zoo nach Rumpelwichten zu suchen. Und wenn Eli ganz erwachsen sagte: „Also bitte! Hier gibt es doch keine Rumpelwichte!", sagte Paps: „Und wie willst du das wissen, bevor du nicht überall nachgesehen hast?" Dabei wusste er genau, dass es nicht erlaubt war, überall nachzusehen! Plötzlich war es nicht mehr wichtig, warum die alte Dame hier war, wichtig war, dass sie blieb. Eli setzte sich zu ihr auf die warme Bank und sie schauten den flackernden Kerzen zu, aßen Vanilleplätzchen und tranken Pfefferminztee. Und dann erzählte Eli die Geschichte von Ronja, die eine Räubertochter war, und als sie fertig war, erzählte Frau Meyer die Geschichte von einem kleinen Jungen, der ein Prinz war und nur eine einzige Blume in seinem Garten hatte, denn sein Garten war klitzeklein, aber zugleich auch eine ganze, kugelrunde Welt. „Und diese einzige, wunderschöne Blume, das war eine Rose. Aber das wusste der kleine Prinz nicht, das musste er erst herausfinden, und so begab er sich auf eine lange, gefährliche Reise …"

An dieser Stelle hörte Frau Meyer einfach auf. Eli fand das ziemlich gemein, doch so sehr sie auch bittelte und bettelte, die alte Dame war durch nichts zu bewegen, weiterzuerzählen. „Ein Ende gehört ans Ende", sagte sie. „Und so weit ist es noch nicht."

Eli verstand nur Bahnhof, aber sie beschloss, nicht mehr groß darüber nachzudenken, wenn Frau Meyer merkwürdige Dinge sagte. Oma Maria hatte auch manchmal merkwürdige Dinge gesagt. Paps hatte gemeint, das sei das Alter. Und wenn es schon bei Oma Maria das Alter war, dann doch wohl erst recht bei Frau Meyer; immerhin war sie sechsundsechzig Jahre verheiratet gewesen! Eli knabberte den letzten Vanillekeks und verabschiedete sich. Sie musste unbedingt wissen, warum Luigi ihr dieses seltsame Geschenk geschickt hatte. Der Mond hielt sich hinter Wolken versteckt und im Garten war es stockeduster. Eli stolperte zum Teich und rief nach Luigi. Nichts rührte sich. Sie setzte sich ans Ufer und wartete. Langsam schob der Mond die Wolken weg, und der kleine Bach plätscherte laut in der Nacht. Wo er in den Tümpel floss, kräuselte sich das schwarze Wasser; bei der Wurzel war es glatt und spiegelte den kalten Mond. Ob

Luigi noch woanders Geschenke ausfuhr? Ach was! Das war doch alles völliger Blödsinn: Es gab kein Christkind, und darum konnte es auch keine Eisenbahn geben, die Weihnachtsgeschenke vorbeibrachte! Platz für das Morgen, hatte Frau Meyer gesagt. Und wenn das Morgen so düster würde wie der Winterhimmel? Wie gern hätte Eli die Sommersonne in das leere Schächtelchen hineingepackt, zusammen mit all den schönen Tagen, die sie mit Paps und Mama verbracht hatte. Und die herrlichen Düfte aus der alten Küche und ein paar knarzende Dielen aus dem Korridor. Und obendrauf Paps' Geschichten, die lustigen und die abenteuerlichen und die spannende und ein bisschen traurige vom alten Garten.

Ein neuer Morgen, ein neuer Tag, ein neues Jahr. Viele Jahre. Eli sah Paps und Mama und Oma Maria und Oma Augusta, und dann sah sie sich selbst, aber sie ging nicht mehr zur Schule, sondern sie war Mama und sie war Oma und Paps ein fremder alter Mann, und sie trank Kaffee mit ihm. Und dann saß sie auf einer verwitterten Holzbank, die um den alten Kirschbaum gebaut war. Und von irgendwoher kam Kindergeschrei und das Quaken eines Frosches. Sie war in Frau Meyers Garten und doch wieder nicht. Sie schaute zum Haus hinüber, das verlassen aussah; kein Lichtschimmer mehr, nichts. Frau Meyer war wohl schlafen gegangen?

Eli grub ihre Finger in das weiche Moos, das schwarz war wie das Wasser und silbergesprenkelt vom Mond. Weinend hielt sie sich an der Erde fest. Sie spürte nicht, dass sie eisig war, sondern dass sie im Frühling warm sein würde. Da war etwas Rundes, Festes ... kleine Zwiebeln, die blässlich schimmerten. Aber das Mondlicht schimmerte auch blässlich, und die ziehenden Wolken waren nicht mehr schwarz, sondern grau und am Rand ein bisschen rot. Und das schwarze Moos wurde graugrün und die Schattengestalten verwandelten sich in Büsche, Bäume und Gräser – das konnte doch nicht schon der Morgen sein?

„Eli? Eli! Bist du da drin?"

Das kam direkt vom Himmel. Waren die Engel gekommen, um sie mitzunehmen? Sie würde fliegen können und endlich Oma Maria in ihrem himmlischen Garten besuchen. Auf einmal verstand sie, warum Luigi so gern ein Luftschiff sein wollte.

„Mensch, komm da raus! Die suchen dich!"

Nein, das war kein Engel, das war ein Graugnom direkt aus dem Mattiswald mit der Stimme der dicken Emma, und die kam nicht aus den Wolken, sondern vom Balkon des Nachbarhauses. Was erzählte die da? Warum sollte sie jemand suchen? Und überhaupt konnte die dumme Trine sie von dort oben gar nicht sehen! Sollte sie doch rumkrakeelen, solange sie wollte! Eli wurde unbehaglich zumute. Und sie merkte, dass sie entsetzlich fror, trotz des neuen Anoraks. Außerdem war ja sowieso keiner da, also konnte sie auch gehen. „Man setzt sich nicht ins nasse Gras!", hörte sie Mama sagen, und sie wünschte, sie hätte sich daran gehalten. Ihr Hintern war pitschnass.

Zitternd zwängte sie sich durch den Spalt.

„Wusste ich's doch!", sagte Emma und klopfte ihr Moos und Blätter von der Jacke, als wäre sie ihre Mutter.

Eli bekam eine Stinkwut. Ronja, die Furchtlose, ließ sich nicht von einer langweiligen Stubenhockerin die Kleider richten! Sie schlug Emmas Hände weg. „Brave Kinder müssen um diese Uhrzeit längst im Bett liegen und schlafen!"

„Aber die suchen dich doch", wiederholte Emma weinerlich. Erst jetzt fiel Eli auf, dass überall in den Häusern Licht brannte, dass Leute herumliefen, und dass ein Streifenwagen mit Blaulicht vor ihrem Haus stand. Was hatte das zu bedeuten? Dann sah sie Mama – und Paps! Sie redeten wild gestikulierend auf einen Polizisten ein.

„Mein Papi", sagte Emma stolz, aber das hörte Eli nicht mehr. Sie rannte über die Straße, geradewegs in Paps' Arme, und er drückte sie, dass sie glaubte, keine Luft mehr zu kriegen. Mama weinte, und Paps nahm sie in die Arme, und Eli konnte sich nicht erinnern, wann sie zuletzt so glücklich gewesen war. Ihr größter Wunsch war also doch in Erfüllung gegangen!

„Bitte, bitte, mach das nie wieder", sagte Paps.

Eli hatte keine Ahnung, wovon er sprach. Als er sie ins Haus trug, war der Mond verblasst, und in der Morgendämmerung fing es sachte an zu schneien.

Kapitel fünf

P aps brachte sie ins Bett und Mama brachte heißen Tee und Eli
stellte sich vor, wie die beiden zusammengequetscht in Luigis
rotem Päckchen saßen, und sie hatte Mühe, nicht laut loszu-
lachen. Wo hatte sie die kleine Schachtel überhaupt gelassen? Paps
strich ihr über die Stirn. „Wir hatten schreckliche Angst, dass dir
etwas zugestoßen ist."

„Die Polizei wollte gerade Verstärkung schicken und den verwilderten Garten durchsuchen!", sagte Mama. Eli wurde ganz heiß. Bestimmt hatte Emma sie bei ihrem Polizisten-Papi verpetzt. Kein einziges Wort würde sie mehr mit dieser Verräterin reden!

„Ich bin ein bisschen im Dunkeln herumgelaufen", sagte sie. „Und
dann bin ich hingefallen."

„Und wo?", wollte Mama wissen.

Eli zuckte die Schultern. Sie sah Paps an. „Liest du mir eine Gute-
Nacht-Geschichte vor?"

Er grinste. „Wetten, dass ich weiß, welche du hören willst?"

Die letzte Woche des Jahres verbrachte Eli mit Fieber, Husten und
Schnupfen im Bett, aber was zählte das schon, wenn Paps sie jeden
Tag besuchte!
An Silvester musste Mama arbeiten; Paps wollte abends vorbeikom-
men und mit ihnen feiern. Dafür hatte Eli hoch und heilig versprochen, im Bett zu bleiben. Sie langweilte sich den halben Vormittag,
dann musste sie aufs Klo, und das zählte ja nun nicht als Aufstehen,
selbst wenn's ein bisschen länger dauerte, und lüften musste man
auch mal. Die gelüftete Luft war eisig. Es schneite nicht mehr und
die kahlen Äste des Kirschbaums sahen so mausgrau aus wie der

Himmel. Wie gerne wäre Eli hinübergegangen, aber sie sah ein, dass das beim besten Willen nicht mehr als Im-Bett-bleiben durchgehen würde. Sie schloss das Fenster, und wenn sie ehrlich war: Sie freute sich, wieder unter die warme Decke zu kriechen.

Sie wurde wach, als es an der Wohnungstür schellte. Ob Paps früher kam? Mama würde ja kaum klingeln. Flugs stand sie auf und schlüpfte in ihren neuen Bademantel. Aus dem Klingeln wurde Klopfen. Das konnte nur Paps sein! Eli lief in den Flur und öffnete. Draußen stand Emma mit einer Plastiktüte in der Hand.

„Hallo", sagte sie verlegen. „Ich wollte dich schon die ganze Zeit besuchen, aber meine Mutti hat mich nicht gelassen. Sie sagt, dass du Ruhe brauchst."

Am liebsten hätte Eli ihr die Tür vor der Nase zugeworfen. Emma zeigte auf die Tüte. „Ich hab dir was mitgebracht."

„So", sagte Eli lustlos. Sie ging in ihr Zimmer, legte sich ins Bett und zog die Decke bis zum Kinn. „Eigentlich darf ich keinen Besuch haben. Ich fühle mich auch gerade gar nicht so gut."

Emma setzte sich auf die Bettkante und sah sich um. Eli dachte an Emmas schönes Zimmer und schämte sich. „Und? Was hast du mitgebracht?"

„Ich weiß zwar nicht, was du damit willst, aber ich hab gedacht, ich heb's besser auf."

Jetzt war Eli doch neugierig. „Was soll ich womit wollen?"

Emma kramte eine schweinchenfarbene Brotbüchse hervor. Darin lag Luigis Päckchen! Es war verbeult und durchgeweicht.

„Woher hast du das?", fragte Eli verblüfft.

„Das hast du doch aus dem Garten mitgebracht!" Als Eli nichts sagte, fügte sie hinzu: „Und dann hast du's fallenlassen, als du meinen und deinen Papi gesehen hast. Sag bloß, das weißt du nicht mehr?"

Eli wusste nicht mal, dass sie die Schachtel aus dem Haus mitgenommen hatte. Warum war da nasse Erde drin? In der Erde steckten weißliche Zwiebeln, ein bisschen Moos und ein verwelktes Kirschbaumblatt. Eli fiel wieder ein, dass sie am Teichufer gesessen hatte; an mehr konnte sie sich beim besten Willen nicht erinnern.

„Du hast mich verraten, du Petze!", sagte sie böse.

Emma bekam einen roten Kopf. „Hab ich nicht! Mein Papi hat gefragt, ob ich weiß, wo du bist, aber ich hab gesagt, dass ich es nicht

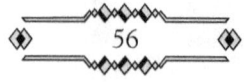

weiß. Dabei habe ich mir schon gedacht, dass du im verbotenen Garten bist. Und deshalb bin ich auf den Balkon und habe gerufen, und dann bin ich zur Mauer, und dann kamst du schon raus. Es ist nicht richtig, dass du da reingehst! Und die Dose muss ich wieder mitbringen."

„Du hast mich wirklich nicht verraten?"

„Aber nein! Du bist doch meine Freundin." Das klang so ernst und ehrlich, dass Eli sich für ihre hässlichen Gedanken schämte. Vielleicht konnte jemand ja langweilig sein und trotzdem nett? Sie schlug die Decke beiseite.

„Ich gucke mal, ob ich was finde, wo ich die Zwiebeln reintun kann."

Sie fand nichts, aber ihr fiel ein, dass Oma Maria Blumensamen in alten Joghurtbechern gesammelt hatte. Sie holte einen Erdbeerjoghurt aus dem Kühlschrank, teilte ihn sich mit Emma, wusch den Becher aus, bohrte mit der Küchenschere ein Loch in den Boden und füllte Erde und Zwiebeln hinein. Der Becher reichte nicht. Also aßen sie noch einen Kirschjoghurt, und sie kicherten und alberten herum, und der Nachmittag verflog im Nu.

Als Emma gegangen war, stellte Eli die Joghurtbecher nach draußen auf das Fenstersims. Schon wieder hatte sich ein Wunsch erfüllt: Sie hatte sich gewünscht, in den alten Garten zu gehen, und prompt war Emma gekommen und hatte ein bisschen Duft und Erde vorbeigebracht – und sogar ein Blatt von ihrem Lieblingsbaum! Vorsichtig drückte Eli Luigi-Rudis Schächtelchen gerade und legte es zum Trocknen auf die Heizung. Was wohl aus den Zwiebeln werden würde?

Mama war müde, als sie nach Hause kam. Eli erzählte von Emmas Besuch, und sie sagte: „Das ist schön." Eli hatte nicht das Gefühl, dass sie zugehört hatte, und die Joghurtbecher vorm Fenster sah sie auch nicht. Paps entdeckte sie sofort.

„Die hat mir Emma geschenkt", sagte Eli. „Angeblich soll da im Frühling was Supertolles draus wachsen."

Paps lachte und Eli hatte ein schlechtes Gewissen, weil sie ihn anflunkerte. Früher hatte sie das nie getan. Aber Früher war ja vorbei. Frau Meyer hatte recht: Zurückholen konnte man die Zeit nicht. Nur auf die Zukunft hoffen.

Am Neujahrsmorgen schien die Sonne ins Zimmer. Elis Hals kratzte nicht mehr, der Schnupfen war kaum noch der Rede wert,

und auch sonst fühlte sie sich prima. Pfeifend sprang sie aus dem Bett und lief ins Wohnzimmer. Die Couch, auf der Paps übernachtet hatte, war leer. Die Kissen standen ordentlich in einer Reihe, so wie Mama es mochte. Aus der Küche hörte sie Geschirrgeklapper, und es duftete nach frisch gebackenen Brötchen. Mama machte Frühstück - wie früher! Und dass das Sofa unbenutzt war, hieß doch wohl, dass Paps in Mamas Zimmer schlief? Eli stürmte in die Küche. „Ich hab einen riesen Hunger!"

Mama brühte Kaffee. „Ich bin gleich soweit. Du kannst schon mal das Tablett rüberbringen."

Auf dem Tablett standen Butter, Milch, Marmelade, Honig und Elis Lieblingssalami. Und das Frühstücksgeschirr: zwei Teller, zwei Tassen, zweimal Besteck.

„Dein Vater ist schon gegangen", sagte Mama. „Und wir beide machen uns jetzt ein richtig schönes Neujahrsfrühstück, was?"

Der Kloß in Elis Hals war so dick, dass sie sicher war, keinen Bissen hinunterzubekommen.

* * *

Das Wetter im Januar passte zu Elis Stimmung. Graue Wolken über grauen Häusern, Regen, Sturm. Sie war traurig - und wütend: auf Mama, der es anscheinend überhaupt nichts ausmachte, dass Paps nicht mehr da war, auf Paps, der keine Zeit für sie hatte, auf Emma, die mit Geschwätz nervte, auf Nikodemus, der mit Schweigen nervte, auf Luigi, der sich nicht blicken ließ. Und ganz besonders wütend war sie auf Frau Meyer, die sie nach Strich und Faden belogen hatte: Nichts, aber auch gar nichts von ihrem größten Wunsch hatte sich erfüllt!

Eli knüllte das schiefgetrocknete rote Schächtelchen in die hinterste Ecke ihres Schreibtisches und beschloss, nie mehr in den Garten zu gehen. Dann nahm sie die beiden Joghurtbecher und warf sie in den Müll. Und dann war sie wütend auf sich selbst, weil sie im Abfall nach den blöden Zwiebeln suchte, und weil die Erde nicht mehr reichte und weil sie ständig aus dem Fenster zum Kirschbaum sah. Und weil sie sich nach dem Garten sehnte. Ach was, sie sehnte sich nicht! Sie musste nur eben schnell hinübergehen und ein bisschen

Erde holen, damit die Zwiebeln wachsen konnten. Aber mit Frau Meyer würde sie kein Wort reden. Kein einziges. Und mit Luigi-Rudi auch nicht! Und eigentlich musste sie ja gar nicht in den Garten.

Am Ende der Straße gab es einen Blumenladen; dort konnte sie genausogut nach Erde fragen. Sollten die da drüben ruhig sehen, was sie davon hatten, dass sie nicht mehr kam! Zufrieden löffelte sie einen Zitronenjoghurt leer, spülte den Becher aus und machte sich auf den Weg. Der Laden war ziemlich klein und es kam Eli vor, als wäre sie die Erste, die ihn seit langer Zeit betrat. In grauen und grünen Eimern blühten Rosen, Tulpen und Nelken, und auf einem Regal drängten sich bunte Töpfchen mit Mini-Pflanzen, die Eli nicht kannte; eins davon war gelb wie die Sonne, ein zarter Farn wuchs darin. Als Eli ihn berührte, faltete er blitzschnell alle Blätter zusammen und verwandelte sich in verdorrtes Unkraut. Erschrocken zog sie ihre Hand zurück.

„Guten Tag", sagte eine freundliche Stimme in ihrem Rücken. Eli fuhr herum. Vor ihr stand eine ältere Frau, die aber nicht so alt war wie Frau Meyer, denn ihre Haare waren noch nicht weiß. Außerdem hatte sie nicht so viele Falten im Gesicht. Sie trug eine dicke grüne Strickjacke, eine verwaschene braune Hose, und ihre Hände waren mit Erde bekleckert.

„Ich hab's wirklich kaum angefasst", sagte Eli zerknirscht.

„Das ist ja auch eine Mimose", erklärte die Frau lächelnd. „Keine Sorge: Die entrollt sich schon wieder. Was kann ich für dich tun?"

Eli hielt ihr den Joghurtbecher hin. „Ich bräuchte ein bisschen Erde. Was kostet das, bitte?"

Die Frau lachte. „Wenn's nicht mehr ist, gar nichts. Wofür brauchst du sie denn?"

Eli erzählte, dass sie Blumenzwiebeln geschenkt bekommen habe, die sie einpflanzen und vors Fenster stellen wolle. Dass sie nicht einmal wusste, ob es tatsächlich Blumenzwiebeln waren, und dass sie sie aus Frau Meyers Garten stibitzt hatte, behielt sie wohlweislich für sich. Die Frau fragte nicht weiter und verschwand. Kurz darauf kam sie mit dem vollen Becher und einem himmelblauen Töpfchen zurück.

„Das ist Glücksklee. Den schenken sich die Leute zu Neujahr; dieser ist leider übriggeblieben. Magst du ihn haben?"

Es war unglaublich: Aus dem Töpfchen sprießten tatsächlich lauter vierblättrige Kleeblätter! „Ja, aber – was kostet das?"

Die Frau lachte wieder. „Nichts. Ein kleines Geschenk des Hauses. Aber bitte nicht nach draußen stellen, sonst erfriert er." Sie wickelte den Joghurtbecher in eine, das Kleetöpfchen in zwei Lagen Papier, und mit einem überschwänglichen Dankeschön nahm Eli die kostbaren Päckchen entgegen.

Mit so vielen Glückskleeblättern musste das Jahr einfach gut werden! Auch ohne Frau Meyers ollen Garten.

Die Erde reichte genau, und es war schön, die Zwiebeln wieder vor dem Fenster stehen zu haben. Aber noch schöner war es, das himmelblaue Töpfchen anzuschauen. Die Kleeblätter hatten eine dunkle Mitte, was hübsch aussah. Vorsichtig strich Eli darüber, und sie spürte, wie ein bisschen Glück auf ihrem Daumen kitzelte. Sie dachte an die kleine Mimose, die es nicht mochte, wenn man sie berührte. Wie unterschiedlich die Pflanzen doch waren!

* * *

Als Eli am letzten Ferientag aufwachte, hatte es geschneit. Die Dächer waren wolkenweiß, und sie konnte es kaum erwarten, auf die Straße zu kommen. Aber was für eine Enttäuschung, als sie die matschige Pampe auf der Fahrbahn sah, und den schmutzigen Bordstein, auf dem die Salzkristalle vom Streuwagen klebten. Auf der Brache waren Spuren, doch keine davon führte zu der alten Mauer. Eli rannte kreuz und quer, bis alles voller Schuhabdrücke war, dann schlüpfte

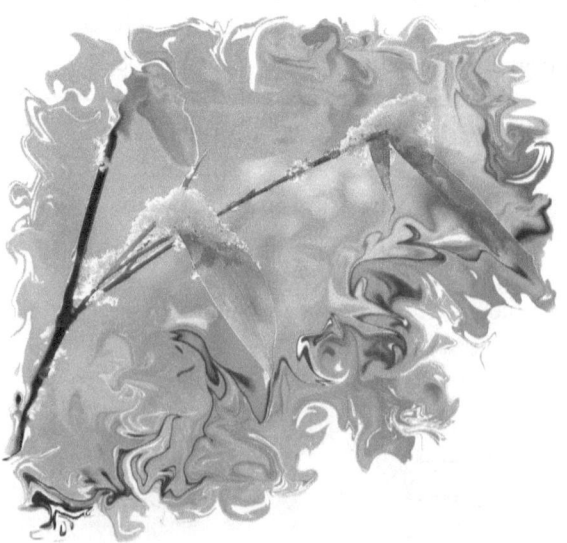

sie geschwind in den Garten, und sie hatte völlig vergessen, dass sie ja nie mehr hingehen wollte. Auf der anderen Seite der Mauer waren die Wege bepuderte Bänder, die Sträucher und Gräser hatten Häubchen auf, und der Kirschbaum trug Schärpen, auf die die Sonne Glitzer stickte.

Nikodemus lehnte am Stamm und schlief. Er hatte eine Mütze aus Schnee und war in eine flauschige Decke gehüllt, unter der seine nackten Zehen hervorlugten.

Der Teich war zugefroren; auf dem Eis lag eine dünne Schicht Schnee und der Baumstumpf glänzte wie ein verzauberter Miniberg. Von Luigi, der lustigen Lok, fehlte jede Spur. Kein Laut war zu hören, als Eli zum Haus ging. Frau Meyer saß nicht auf der Terrasse; es war ja auch zu kalt. Sie saß auf der Ofenbank und es roch lecker nach Pfefferminztee.

„Schön, dass du da bist", sagte sie. Keine Fragen, keine Vorwürfe.

Eli vergaß, dass sie ja eigentlich böse mit ihr war. „Wo ist denn dein Weihnachtsbaum?"

„Weihnachten ist vorbei, oder? Hast du einen passenden Ort für deine Schneeglöckchenzwiebeln gefunden?"

Schneeglöckchen waren das also! Aber woher wusste Frau Meyer, dass sie die Zwiebeln mitgenommen hatte?

„Du musst sie nach draußen stellen. Sie brauchen die Kälte."

„Das hab ich doch! Sogar extra Erde besorgt hab ich, in dem kleinen Laden, vorn an der Straßenecke. Die Blumenfrau war sehr nett und hat sie mir geschenkt."

„Es ist gut, dass du dort warst."

Eli setzte sich zu ihr auf die warme Bank. „Warum?"

„Weil du gelernt hast, dass manche Dinge nur schön sind, solange man sie nicht berührt."

Das konnte nicht sein. Es war völlig unmöglich, dass Frau Meyer wusste, dass sie diesen Mimosenfarn angefasst hatte!

„Der Glücksklee erinnert dafür ans Freuen und Lachen."

„Du kannst das nicht wissen."

Die alte Dame lächelte. „Was kann ich nicht wissen? Dass es Pflanzen gibt, die es mögen, im Schutz eines Zimmers oder im Schatten zu stehen und andere, die die Kälte lieben, die Sonne und den Wind? Dass sie alle Wasser brauchen und ein wenig Erde, damit sie wachsen können und gedeihen?"

„Du kannst das nicht wissen!", beharrte Eli. Frau Meyer ging zum Fenster. Dort drängten sich bunte Töpfe mit Gewächsen, die blühten und solchen, die nur grün waren. Eli überlegte, ob sie bei ihrem letzten Besuch auch schon da gestanden hatten. Sie wusste es nicht.

Frau Meyer nahm ein sonnengelbes Töpfchen, in dem ein kleiner Farn wuchs, und gab es ihr. Es war die Mimose aus dem Blumenladen. „Ich weiß es, weil du es weißt."

„Eli! Wach auf!"

Es dauerte eine Weile, bis sie merkte, dass es nicht Sonntagvormittag, sondern Montagmorgen war. Dass sie aufstehen musste, weil die Ferien zu Ende waren. Dass Mama es eilig hatte, dass sie ungeduldig war und fahrig, und müde wie Eli.

War sie tatsächlich im Garten und in der Wohnstube bei Frau Meyer gewesen? Oder hatte sie alles bloß geträumt? Eli quälte sich aus dem Bett. Draußen war es stockedunkel. Die Mimose hatte ihre Blätter zusammengeklappt, obwohl niemand sie angefasst hatte, und aus dem Kleeblättertöpfchen lugte ein kleiner Schornsteinfeger, auf dessen Leiter *Viel Glück!* stand. Wie kam der da hinein?

„Dass die Frau vom Blumenladen dir die beiden Pflänzchen geschenkt hat, war wirklich nett", sagte Mama.

„Ja", sagte Eli. Das war nett gewesen.

Mama rückte die Mimose und den Klee beiseite und öffnete das Fenster. „Was, um Himmels willen, hast du mit den Joghurtbechern vor?"

„Die sind für den Frühling", sagte Eli.

Kapitel sechs

Eli taufte die Mimose auf den Namen Mimi, und es wurde ihr zur Gewohnheit, dem Glücksklee und Mimi nach dem Aufstehen einen guten Morgen zu wünschen. Solange es dunkel war, hielt Mimi ihre Blätter geschlossen, und Eli freute sich, dass es außer ihr noch andere Lebewesen gab, die am liebsten erst dann wachwurden, wenn draußen die Sonne schien. Während Mimi ihre zarten Wedel ohne besondere Anstrengung und jederzeit ruckzuck zusammenklappen konnte, schaffte der Klee es mit seinen vier Blättern manchmal nur halb. Das sah lustig aus und half Eli beim Frohsein, wenn ein Tag besonders kalt und grau war.

Sooft Eli den Klee ansah, erinnerte sie sich an einen Ausflug mit Paps im vorvergangenen Sommer: Einen ganzen Nachmittag waren sie an Feldern entlang und über Wiesen gepirscht und hatten nach vierblättrigen Kleeblättern gesucht. Obwohl Eli das Gefühl hatte, jeden Grashalm zweimal umgebogen zu haben, hatten sie nur dreiblättrige Blätter gefunden. Seitdem war sie überzeugt, dass es Klee mit vier Blättern überhaupt nicht gab. Und jetzt besaß sie ein ganzes himmelblaues Töpfchen voll!

Als Paps sie das nächste Mal abholte, erzählte sie ihm davon.

Er lachte. „Das gilt aber nicht, Räubertochter! Gezüchteter Klee ist kein Glücksbringer, sondern Schummelei."

„Aber die Leute schenken sich den zu Neujahr!"

„Weil sie zu faul sind, echten zu suchen." Er setzte eine verschwörerische Miene auf. „Es gibt sogar fünfblättrigen Klee, sage ich dir."

„Du flunkerst!"

„Also bitte: Spricht man so mit einem gestandenen Räuberhauptmann?"

„Wenn man seine Tochter ist, gewiss!"

„Zum Donnerdrummel: Dann muss ich es Ronja eben Grün auf Hand beweisen." Er grinste. „Beim nächsten Mal im Mattiswald."

„Morgen?", fragte sie.

„Morgen", versprach er. Es war ein bisschen wie der Himmel auf Erden. Als Paps sie nach Hause brachte, war Mama noch nicht von der Arbeit zurück, aber es machte Eli nichts aus. Morgen würde sie den Beweis bekommen, dass es fünfblättrige Kleeblätter gab! Sie knipste das Licht in ihrem Zimmer an und warf ihre Jacke aufs Bett. Mimi schlief bestimmt schon, und diesem liederlich zusammengefalteten Schummelklee würde sie jetzt mal so richtig die Meinung sagen! Doch was war das? Der Schornsteinfeger stand allein im Topf; um ihn herum hingen die Kleeblätter schlaff herab, obwohl Eli sie am Morgen erst gegossen hatte. Sie konnte nicht verhindern, dass ihr Tränen in die Augen stiegen.

„Was ist denn, Liebes?", fragte Mama von der Tür.

Eli hatte sie gar nicht kommen gehört. „Mein Glücksklee ist verwelkt!" Mama trocknete ihre Tränen mit dem Pulloverärmel; später kochte sie Nudeln mit viel Tomatensauce, genau wie früher, und danach war Eli wohlig satt und ging ohne Licht zu machen ins Bett.

Am folgenden Tag freute sie sich diebisch, auf die ewiggleiche Frage von Emma ausnahmsweise die Wahrheit sagen zu können: „Nein, ich habe keine Zeit, mit dir Hausaufgaben zu machen. Ich treffe mich nachher mit meinem Paps!"

Paps holte sie mit dem Auto ab und Eli wusste sofort, dass das der Beginn einer Abenteuerreise war, an deren Ende ein neues Geheimnis stand. Das allergrößte Geheimnis, das sie und Paps hüteten war, dass er sie nicht nur aus Spaß Ronja nannte, sondern dass sie wirklich und wahrhaftig so hieß - mit offiziellem Drittnamen! Elis Zweitname war nämlich Clothilde, und das war noch schlimmer als Elisabetha. Sie hieß so, weil Mamas Lieblingstante so geheißen hatte, und die war unglückseligerweise einen Monat vor Elis Geburt gestorben. Mama habe sich verpflichtet gefühlt, sagte Paps. Was half das schon, wenn die anderen Kinder sie in der Schule mit: Eh, Lisas Bett ist da! begrüßten, oder, noch schlimmer, Klo-Schildchen hinter ihr herriefen. Und dann war sie mit Paps in den Mattiswald gefahren,

und im Schatten einer uralten Eiche hatte er das Geheimnis offenbart: Ohne dass es eine Menschenseele gemerkt hätte, habe er nach Elis Geburt mit Zaubertinte eine Geheimurkunde auf den Namen Ronja ausgestellt und zu den amtlichen Papieren gelegt – so wie es seinerzeit auch sein Paps, also Opa Friedhelm, gemacht habe. Und deshalb hieß Paps in Wahrheit Mattis und Eli war Ronja, seine verwegene Tochter. Aber niemand durfte je davon erfahren, denn dann wäre der Zauber gebrochen, und die geheimen Dokumente würden augenblicklich zu Staub zerfallen. Es war ein erhabenes Gefühl, etwas zu wissen, das niemand sonst wusste. Fortan hatte Eli nur gegrinst, wenn die anderen sie hänselten, und schließlich hörten sie damit auf und nannten sie einfach Eli.

Paps und sie bewahrten aber nicht nur große, sondern auch kleine Geheimnisse, und eins davon war, dass sie dereinst ein vierblättriges Kleeblatt finden würden.

„Wohin fahren wir?", fragte Eli.

„Lass dich überraschen." Paps lächelte, doch Eli fand, er sah angestrengt dabei aus. Als ob er vor etwas Angst hätte. Aber wovor sollte ein Räuberhauptmann wie er Angst haben? Während Elis Gedanken Kreisel drehten, ließen sie die Stadt hinter sich, und plötzlich wusste sie, wohin es ging: *Zum kleinen Krug*, eine gemütliche Gaststätte, in der es superleckere Pommes Frites mit selbstgemachtem Ketchup gab. Mama sagte, dass Pommes Frites ungesund seien, besonders für Kinder, und zu Hause gab es nie welche. Paps wusste genau, dass Eli Pommes noch lieber aß als Nudeln mit Tomatensauce, weshalb er nach dem samstäglichen Einkauf ab und an den Nachhauseweg verlängerte und mit Eli im *Kleinen Krug* eine Rast einlegte. Das gehörte zu ihren mittelgroßen Geheimnissen. Paps parkte direkt vor dem Eingang. „Eine kleine Stärkung gefällig, Ronjakind?"

„Eine kleine Stärkung?", rief Eli entrüstet. „Ich habe Hunger wie ein Dunkeltroll und brauche dringend eine Riesen-Räuber-Portion mit viel Kraft-Krem!"

Lachend gingen sie hinein. Sie setzten sich an ihren Lieblingstisch und Paps orderte zwei extragroße Teller und die doppelte Portion Ketchup. Alles war wie immer, bis auf die Bedienung: eine jüngere Frau mit Sommersprossen und braunen, kurzen Haaren. Als sie die Pommes brachte, sagte sie: „Hallo, Eli. Ich bin die Katja."

Was fiel dieser Person ein, ihr Geheimtreffen mit Paps zu stören? Und woher wusste sie überhaupt ihren Namen?

„Ich möchte bitte essen!", sagte Eli böse und inspizierte die Pommes. Sie sahen nicht so lecker aus wie sonst.

„Darf ich dir was zu trinken bringen?", fragte Katja freundlich. „Eine Cola vielleicht?"

Das war ja nun wirklich das Allerletzte! Cola-Trinken gehörte nämlich auch zum Pommes-Geheimnis. „Nein, danke. Coca-Cola ist ungesund für Kinder."

Katja schaute Paps an, und Paps schaute Katja an, und er sah nicht mehr Mattis-mutig, sondern sehr müde aus. Eli schämte sich. Er hatte sich extra Zeit genommen, um sie mit ihrem Lieblingsessen zu überraschen, und sie benahm sich – wie eine Mimose! Wider Willen musste sie grinsen. Sie sah Katja an. „Ich wünsche bitte ein kleines Sprudelwasser! Und mein Vater hätte gern eine große Cola." Und dann fügte sie hinzu, und sie wusste nicht, ob es ihr Wille nach Wiedergutmachung, das schlechte Gewissen, der beschwingte Gedanke an Mimi, oder alles zusammen war: „Weil ich die Cola nämlich heimlich trinken muss."

Paps prustete los, dann Katja, dann Eli, und dann lachten sie so laut, dass die anderen Gäste zu ihnen hinsahen, aber das war ihnen egal. Katja brachte Wasser, Cola und zwei Strohhalme, und der selbstgemachte Ketchup schmeckte köstlich, und die Pommes waren noch viel leckerer als sonst, und es war himmlisch, wieder ein Ess-Geheimnis mehr zu haben.

Nachdem Eli ihren Teller bis auf den letzten Krümel geleert hatte, zog Paps mit feierlichem Gesichtsausdruck einen weißen Briefumschlag aus seiner Jackentasche.

Er senkte seine Stimme zum Flüstern. „Hier ist er, der versprochene Beweis, teuerste Tochter."

Gespannt öffnete Eli den Umschlag. In einem gefalteten Blatt Papier lag ein Pergamenttütchen, durch das zwei Kleeblätter schimmerten. Eins hatte vier und das andere tatsächlich fünf Blätter! Eli war baff. „Woher hast du die?"

Paps lächelte verschmitzt. „Sie wuchsen auf einer mondbeschienenen Zauberlichtung mitten im Mattiswald, liebste Ronja, und bis ich sie fand, war's eine arge Plackerei."

Eli lachte, und während sie ein Schokoladeneis zum Nachtisch löffelte und Paps einen Kaffee trank, streifte ihr Blick immer wieder den pergamentverhüllten Schatz. Sie erzählte Paps von dem verwelkten Glücksklee.

Er zuckte die Schultern. „Ich sag's doch: Pseudoklee taugt nichts."

Eli wusste nicht, was ein Pseudoklee war, aber es hörte sich nach etwas Schlechtem an, und war es das nicht auch? Wie sollte ein Glücksklee Glück bringen, wenn ihn jedermann im Laden kaufen konnte, ohne sich irgendwie anzustrengen? Noch dazu, wenn er übriggeblieben war, weil ihn niemand hatte haben wollen? Sie stellte sich vor, wie Paps seit vorvergangenem Sommer Nacht für Nacht unterwegs gewesen war, bis er im blassen Mondlicht die beiden kostbaren Blätter fand, und wie er sie ganz sachte pflückte und ebenso sachte zwischen zwei Buchseiten legte, um sie zu trocknen. Und alles nur für sie!

„Wie lange hast du sie schon?", fragte sie. „Und warum hast du's mir nicht früher verraten?"

„Ich habe gewartet, bis du sie brauchst."

Eli sprang auf und drückte ihm einen schmatzenden Kuss auf die Backe. „Du bist der tollste Paps der Welt!"

Als sie wieder daheim war, holte sie Ronjas Buch aus dem Regal, schlug die Stelle auf, an der sie sich mit ihrem Vater versöhnte und legte das Pergamenttütchen zwischen die Seiten. Dann nahm sie den himmelblauen Topf vom Fensterbrett und kippte den Inhalt samt Schornsteinfeger in den Müll.

Sie stutzte: Schon wieder Zwiebeln! Nur waren sie diesmal nicht weiß, sondern braun und die schlaffen Schummel-Stängel hingen noch dran. Eli war versucht, den Deckel auf den Mülleimer zu tun, aber die Neugier siegte. Da stimmte etwas nicht: Klee wuchs aus Wurzeln! Das hatte Paps ihr gezeigt. Sie fischte alles wieder heraus, löffelte einen Erdbeerjoghurt leer, spülte den Becher und legte die Zwiebeln samt welkem Anhang hinein.

Anderntags ging sie damit zu Frau Meyer. Im Ofen knisterte das Holz und es roch nach gerösteten Kastanien, genau wie früher bei Oma Maria. Eli wünschte sich plötzlich, dass Frau Meyer Oma Maria wäre. Auf dem Wohnzimmertisch standen Schälchen mit vertrockneten Blütenhüllen – und leere Joghurtbecher! Es war ein bisschen

unheimlich, dass Frau Meyer sich auch mit leeren Joghurtbechern beschäftigte.

„Was hast du damit vor?"

Die alte Dame lächelte. „Ich freue mich aufs neue Gartenjahr."

Eli betrachtete die vertrockneten Blüten. „Die sehen arg hässlich aus."

Frau Meyer brach eine der Hüllen auseinander. Zum Vorschein kamen kleine schwarze Stifte mit hellbeigen Rändern.

„Erinnerst du dich an das Beet vor der Terrasse?" Eli überlegte. Ja, dort hatte es im Herbst besonders bunt geblüht. Bis der Frost kam. Sie überlegte noch ein bisschen mehr, und dann tauchten die orange, rot und gelb geflammten Blüten so deutlich vor ihrem inneren Auge auf, als wüchsen sie mitten im Zimmer. Auch an den Geruch erinnerte sie sich wieder: eine Mischung aus Harz und Holz mit einem bisschen Orangensaft darin.

„Studentenblumen", sagte Frau Meyer. Sie legte Eli die Hülle mit den Stiften in die Hand. „Das sind ihre Samenstände."

„Von den sonnengelben?", fragte Eli, denn die hatten ihr am besten gefallen.

„Ich weiß es nicht."

„Warum hast du beim Sammeln nicht jede Farbe in einen Extra-Becher getan?"

Die alte Dame schmunzelte. „Tja, das sollte man meinen: dass aus einer roten wieder eine rote und aus einer gelben wieder eine gelbe Blüte wird. Aber die Studentenblumen mischen ihre Farben jedes Jahr aufs Neue durcheinander." Sie zupfte die Stifte aus den Hüllen und sortierte sie in einen Joghurtbecher. „Sie lassen sich nicht zähmen. Deshalb mag ich sie."

Eli zupfte mit. „Schade, dass es im Garten so trist und traurig ist. Dass im Winter nichts wächst und nichts blüht."

„Ach was", sagte Frau Meyer. „Auch im Winter blühen Blumen. Sogar ernten kann man."

„Du flunkerst!", sagte Eli.

„Na, dann zieh mal deinen hübschen Anorak an und komm mit."

Draußen war es eisig und gritzgrau. Kein Wetter, das einlud, spazieren zu gehen, aber Frau Meyer schien das nicht zu stören. Am Kirschbaum vorbei marschierte sie in den Vorgarten.

An die Mauer schloss eine Pergola an, die Eli noch gar nicht aufgefallen war. Davor leuchteten cremeweiße Blüten, die aussahen wie feinstes Porzellan, und darüber verflochten sich von sonnengelben Sternen übersäte Ruten mit dem Holzgitter.

„Christrosen und Winterjasmin", sagte Frau Meyer. „Und das hier – ", sie deutete auf einen kleinen Strauch mit merkwürdigen hellgelben Gespinsten, „ist eine Zaubernuss. Riech mal!"

Die Gespinste waren knittrige Fäden und sie dufteten so köstlich nach Honig und Sahne, dass Eli Appetit bekam. Als hätte sie ihre Gedanken erraten, sagte Frau Meyer: „Und jetzt gehen wir ernten." Sie holte einen Spaten und ein Holzkistchen aus dem Pavillon und dirigierte Eli in den hinteren Garten.

Nicht weit vom Pfefferminzenbeet lugten abgebrochene Riesenstrohhalme aus der Erde. Frau Meyer grub ein paar aus und förderte knubbelige Knollen zutage; sie füllte das Kistchen. Es fing an zu schneien und Eli war froh, als sie wieder im Haus waren. Während Frau Meyer die Knollen sauberwusch, machte Eli es sich auf der Ofenbank bequem.

„Das ist Topinambur", erklärte die alte Dame und gab ihr ein goldgelbes Knöllchen. „Eine Art Sonnenblume mit essbaren Wurzeln. Sie schmecken ein bisschen nach Nüssen und sind sehr lecker."

Zögernd probierte Eli, um gleich darauf genussvoll die ganze Knolle zu verspeisen. Damit könnte Ronja glatt in der eingeschneiten Mattisburg überleben!

Frau Meyer legte Holz nach. „Natürlich hast du recht: Im Winter ist es draußen meistens ungemütlich." Sie tippte sich an die Stirn. „Aber wenn der Garten draußen schläft, habe ich ja immer noch meinen Garten hier drin. In meinem Drinnen-Garten träume ich vom Draußen-Garten, wie er bald wieder sein wird, und was ich wohin pflanze, was ich ändere, was ich bewahren will. Mein Drinnen-Garten ist pures Glück: Ich kann den Duft des Frühlings, die Farben des Sommers und die Fülle des Herbstes genießen, ohne einen Finger krumm zu machen. Ich brauche

nicht säen, nicht gießen, nicht jäten, und trotzdem blühen die herrlichsten Blumen darin."

„Gedanken sind nicht die Wirklichkeit", sagte Eli.

„Geschichten sind auch nicht die Wirklichkeit", entgegnete Frau Meyer. „Trotzdem lieben wir sie."

Eli dachte an Ronja und an das Märchen vom alten Garten. Und an den Jungen mit der Rose. „Wann erzählst du mir die Geschichte vom kleinen Prinz zu Ende?"

„Wenn es die rechte Zeit ist."

Plötzlich erinnerte sich Eli, dass sie die schwarzbeigen Studentenblumensamen schon bei Oma Maria gesehen hatte. Genau wie Frau Meyer hatte sie von den frechen Blumen erzählt, die jedes Jahr ein neues Farbenspiel zusammenmixten. Vielleicht waren ja die Gedanken doch die Wirklichkeit? Frau Meyer brachte ofenwarmes Brot, Butter, Kirschmarmelade und eine Kanne duftenden Pfefferminztee. „Ich hatte das Gefühl, du hast Hunger." Eli nickte.

Sie schmierte Butter und ganz viel Marmelade auf eine Brotscheibe und biss hinein. Es schmeckte nach Sommer. „Du hast auch recht", sagte sie kauend. „Der Winter ist eine richtige Garten-Genießzeit."

Frau Meyers Fältchen schmunzelten. Neugierig schaute sie in Elis Joghurtbecher. „Was hast du denn da Hübsches mitgebracht?"

Eli nahm sich noch eine Scheibe Brot. „Mein Glücksklee ist hin. Das ist aber nicht weiter schlimm. Mein Paps hat mir nämlich echten Mattiswald-Zauberklee geschenkt, und darum brauch ich dieses Pseudozeugs nicht mehr."

„Warum hast du es mitgebracht, wenn dir nichts daran liegt?"

„Weil da Zwiebeln dran sind! Und ich wollte dich fragen, warum. Ein richtiger Glücksklee hat nämlich keine. Der wächst auch nicht im Blumenladen, sondern auf der Wiese, und ist ganz kostbar und selten!"

„Soso", sagte Frau Meyer. „Was wirst du damit tun, wenn ich deine Frage beantwortet habe?"

„Wegwerfen. Der ist ja zu nichts mehr zu gebrauchen."

„Woher weißt du denn das?"

„Das sieht man doch!"

„Er hat dir eine Zeitlang Freude geschenkt." Das klang, als ob ein Oder-etwa-nicht? hintendran fehlte.

„Da wusste ich es auch noch nicht besser!"

„Und was weißt du jetzt?"

„Dass Glücksklee grün ist und nicht braun in der Mitte wie der da. Jedes Blatt ein Glückskleeblatt: Das ist doch Schummelei! Außerdem kann jeder so ein Ding kaufen."

„Du meinst, die Pflanze sei nichts wert, weil es zu viele davon gibt? Früher musste man bis nach Mexiko fahren, um sie zu bekommen, und das war eine lange und gefährliche Reise. Mexiko ist nämlich seine Heimat, und mit dem echten Klee hat er tatsächlich nichts zu tun. Ein paar Verwandte von ihm leben übrigens auch bei uns, beispielsweise der Waldklee, der ..."

„... so sauer schmeckt, dass es einem die Löcher in den Strümpfen zuzieht! Aber das muss er ja auch, sonst wirkt er nicht und ..."

Erschrocken hielt Eli sich den Mund zu. Jetzt hätte sie um ein Haar das große Geheimnis verraten, wie sie und Paps gegen das Dunkelvolk gekämpft und nur mit Hilfe der magischen Sauerblätter überlebt hatten! Sie stutzte. „Heißt das, ich kann die Schummelkleeblätter essen?"

„Ja, sicher. Wenn sie nicht gerade verwelkt sind. Der echte, also der rote Wiesen-Klee, überlebt mit seinen Wurzeln, wenn's sehr kalt wird. Die können bis zu zwei Meter tief in die Erde gehen. Und der Weiß-Klee, den du sicher auch kennst, kann mit seinen Stängeln kriechen und immer neue Wurzeln daraus bilden. Dein Glücksklee hingegen wächst aus diesen braunen Knöllchen, die aussehen wie Zwiebeln, und dahin kehrt er zurück, wenn er geblüht hat."

„Der hat gar nicht geblüht!", sagte Eli so entrüstet, als hätte das welke Gewächs sie schändlich betrogen.

„Es ist ja auch die verkehrte Jahreszeit. Nur weil er aussieht wie Klee und vier Blätter hat, stecken ihn die Menschen im Herbst in

die Erde, dass er passend zu Silvester austreibt. Von allein würde er das nie tun." Frau Meyer nahm ein dickes Buch aus einem Regal und blätterte darin. „Hier, schau!" Die kleinen rosafarbenen Blüten schienen über den vierblättrigen Blättern zu schweben. Unter dem Bild stand der Name des Klees, der kein Klee war: *Oxalis deppei*.

Eli prustete los. „Ich besitze ein essbares Depp-Ei!"

Frau Meyer klappte das Buch zu. „Ist es nicht schade, dass eine Pflanze sterben muss, bloß weil man ihr Bedürfnis nach Ruhe nicht kennt?"

„Ruhe? Was für eine Ruhe denn?"

„Hat Nikodemus dir nicht verraten, was ein kluger Gärtner tut?"

Eli lachte. „Nur das Nötige. Und Zeit für eine lange Weile haben."

„Und sich zur rechten Zeit an das Nötige erinnern", ergänzte Frau Meyer. Sie stellte das Buch zurück. „Für deinen Glücksklee bedeutet das: Gib ihm Dunkelheit, lass ihn vertrocknen, vergiss ihn. Und denke beizeiten daran, ihn wieder ans Licht zu holen."

Frühling.

Das Höchste, wozu der Mensch
gelangen kann, ist das Erstaunen.

Johann Wolfgang v. Goethe

Kapitel sieben

E li hatte ihr Depp-Ei mit etwas Erde zugedeckt, samt Becher in Zeitungspapier gewickelt und in die hinterste Ecke ihres Nachtschränkchens gestellt. Aber das In-Ruhe-lassen und Vergessen war schwerer als gedacht, zumal es im Garten nichts Interessantes zu entdecken gab. Nicht mal Topinambur konnte Frau Meyer ernten, weil alles steif gefroren war. Ach, wie sehnte Eli den Frühling herbei!

Einmal in der Woche holte Paps sie von der Schule ab, und dann fuhren sie in den *Kleinen Krug* zum Pommes essen. Das hätte himmlisch sein können, wenn die doofe Katja nicht gewesen wäre. Es kam Eli vor, als lauerte sie geradezu auf den Moment, wenn sie mit Paps hereinkam. Dauernd versuchte sie, mit Eli zu reden, aber Eli wollte mit Paps reden, und sonst mit keinem.

Schließlich sagte sie, dass sie keine Lust mehr auf Pommes Frites habe, obwohl das gar nicht stimmte. Sie schlug vor, stattdessen zu den Elefanten zu gehen.

Beim zweiten Zoobesuch lief ihnen Katja über den Weg. Sie sagte, sie habe ihren freien Tag und ob Eli und Paps was dagegen hätten, wenn sie ein bisschen mit ihnen mitkäme? Ohne Eli auch nur anzuschauen, sagte Paps *Aber nein!*, und was für ein schöner Zufall das sei, und dass er sich freue, sie zu sehen. Eli freute sich überhaupt nicht. Es war ein schrecklicher Tag und daran änderte auch nichts, dass Paps ihr ein Schokoladeneis mit Sahne spendierte. Wenigstens teilte der Himmel ihre frostige Stimmung; auf dem Rückweg fing es an zu schneien. Magst du Katja denn gar nicht?", fragte Paps, als er an der Einfahrt hielt.

„Nein!"

Bevor er noch etwas sagen konnte, stieg Eli aus und lief ins Haus. Sie hatte nicht das geringste bisschen Lust, ihre kostbaren Paps-Stunden mit irgendwem zu teilen. Und wenn es der Kaiser von China wäre! In der Küche holte sie sich einen Joghurt aus dem Kühlschrank und ging in ihr Zimmer. Sie setzte sich an ihren Schreibtisch und schaltete den Kassettenrekorder ein. Er blieb stumm, und ihr fiel ein, dass er kaputt war. „Du kannst dir ja von deinem Vater zum Geburtstag einen neuen schenken lassen!", hatte Mama gereizt gesagt.

In dem Gitter vorm Fenster hatten sich Schneeflocken verfangen und Eli schaute zu, wie der Rost eine weiße Mütze bekam. Auch die grünen Spitzen, die aus den Joghurtbechern lugten, wurden nach und nach vom Schnee verhüllt. Seit Eli wusste, dass es Schneeglöckchen waren, wartete sie sehnsüchtig auf die Blüten. Im Garten von Oma Maria hatten jedes Jahr Schneeglöckchen geblüht, und außerdem jede Menge gelbe und lila Krokusse. Sie strich mit den Fingerspitzen über Mimis Wedel und kicherte, als sie blitzschnell zusammenklappten.

Die Nacht weinte den Winter weg, vormittags klarte es auf und mittags schien die Sonne. Eli beeilte sich, nach Hause zu kommen; inzwischen fand sie es praktisch, dass Mama oft lange arbeitete, denn so konnte sie ohne zu flunkern in den verbotenen Garten gehen.

Der einzige Störenfried war Emma, die Eli an den Fersen klebte wie ein ausgelutschter Kaugummi. Sie mochte zwar manchmal nett sein, aber die meiste Zeit nervte sie mit ihren öden Barbie-Puppen, ihren noch öderen Rechenrätseln oder mit Lobhudeleien über ihren tollen Polizisten-Papi.

Als die Tennisstunden nicht mehr genügten, um sie sich vom Hals zu halten, fügte Eli eine Therapie hinzu. Sie hatte Mama und Birgit darüber sprechen hören, und über irgendwelche Störungen und Fantastereien, und ob das krankhaft sei, und wer daran schuld sei, und was man dagegen unternehmen könne. Wer woran schuld sein sollte, verstand Eli zwar nicht, aber Einzelsitzung und Gruppen-Gesprächskreis klangen fast so gut wie Tennis mit dem Kotsch.

Und so ging Eli neuerdings einmal in der Woche in Therapie. Emma erzählte das prompt ihrer Mutti, und die war überraschenderweise seitdem viel netter zu Eli, und das war ja wiederum ganz angenehm. Manchmal schämte sich Eli, weil es so leicht war, Emma

anzulügen, aber nur ein bisschen. Schließlich war die dumme Trine selbst schuld!

Wenn Eli nicht in den Garten konnte, verbrachte sie ihre Nachmittage in dem kleinen Blumenladen am Ende der Straße, und dafür gab es drei Gründe. Der erste war, dass die Blumenfrau alle ihre Fragen geduldig beantwortete und niemals merkwürdige Dinge sagte; der zweite, dass Eli eine Erklärung für erdige Hände und fleckige Hosen hatte, wenn sie heimkam, und der dritte und wichtigste: Emma konnte den Laden und die Blumenfrau nicht leiden.

Eines Morgens war es soweit: Fünf weiße Blütenköpfchen schauten aus den Joghurtbechern, und Eli tanzte voller Freude durchs Zimmer. Jetzt dauerte es nicht mehr lange, bis der Frühling kam! Nach der Schule gab's eine außerplanmäßige Tennisstunde für Emma, und Eli konnte es kaum erwarten, in den Garten zu kommen. Noch immer hatte sie Herzklopfen, wenn sie durch den Mauerspalt schlüpfte, aber schon lange kein schlechtes Gewissen mehr: Was war schließlich Schlimmes dabei, einer einsamen alten Dame ein bisschen Gesellschaft zu leisten?

Hinter der Mauer sah es aus, als hätte der Schnee sich in Glöckchenblüten verwandelt: den Teich rahmte ein weißer Teppich, unterm Kirschbaum schlief Nikodemus in einem weißen Bett, und vor dem Pavillon blühten sie zu Hunderten mit lila Krokussen um die Wette. Und überall tupften die Winterlinge ihr sonniges Gelb dazwischen. Es war wunderbar, wieder im Draußen-Garten zu sein!

Frau Meyer saß, in die karierte Decke und eine dicke Jacke eingemummelt, im Schaukelstuhl auf der Terrasse. „Stell dir vor: Meine Schneeglöckchen blühen auch!", begrüßte Eli sie.

„Das ist schön", sagte die alte Dame.

Eli strahlte. „Ja! Weil es nämlich die rechte Zeit ist, die Schneeglöckchen-Frühlingsgeschichte zu erzählen!"

„Na, da bin ich aber gespannt." Frau Meyer lupfte die Decke und Eli schlüpfte darunter. Und dann erzählte sie das Märchen, das Oma Maria jedes Jahr erzählt hatte, sobald die ersten Schnee-

glöckchen in ihrem Garten zu blühen anfingen, und manchmal war das noch mitten im Winter gewesen. Sie erzählte, dass es zu Anbeginn der Welt eine kleine Glockenblume gegeben habe, die sehr traurig war, weil der Liebe Gott keine Farbe mehr für sie übrig hatte. Und wie sie immer trauriger wurde, als sich keine einzige Blume auf der großen Wiese bereitfand, etwas Farbe abzugeben, und wie sie schließlich ihr Weiß vom Schnee bekommen hatte. Während Eli erzählte, brach die Sonne durch, und die Schneeglöckchen im Garten fingen an zu leuchten, und es war nicht mehr Frau Meyer, die zuhörte, sondern Oma Maria, und dann erzählte sie die Geschichte und Eli hörte zu, und die Sonne wärmte ihr Gesicht, und die Bäume hüllten sich in helles Grün, und der Wind trug den Duft der Himmelsschlüssel zu ihnen herauf.

„Du vermisst deine Oma sehr, nicht wahr?", fragte Frau Meyer.

Eli nickte. „Sie hat gesagt, dass Gartenarbeit Plackerei ist, aber sie hat sie trotzdem gern gemacht, obwohl sie es nicht musste. Paps hat nämlich gesagt, sie kann in eine Wohnung ziehen, doch sie wollte nicht. Stur wie ein ostpreußischer Esel, hat Paps gesagt. Aber ich weiß ehrlich gesagt nicht, was ein sturer ostpreußischer Esel ist."

„Vielleicht braucht er ein bisschen mehr Auslauf als andere Esel", sagte Frau Meyer. „Vielleicht heißt er auch so, weil dann alle denken, dass er ein bisschen mehr Auslauf braucht."

Das klang lustig. Eli lachte. „Wenn eine meiner Omas Auslauf braucht, dann bestimmt Oma Augusta. Die ist schon mindestens dreimal um die Welt gereist!"

„Und das würdest du auch gern tun?"

Eli schüttelte den Kopf. „Oma Maria hat zwar mit mir geschimpft, wenn ich die Schuhe nicht richtig abgeputzt und den Teller nicht leergegessen habe, aber ich bin trotzdem lieber zu ihr als zu Oma Augusta gegangen. Im Winter haben wir zusammen auf der Ofenbank gesessen, und sie hat genauso leckere Marmelade gekocht wie du. Und Pfefferminze hatte sie auch im Garten, aber die wuchs nicht an einer Mauer, sondern neben dem Erdbeerbeet."

„Ich weiß", sagte Frau Meyer.

Eli fragte sich, wie sie das wieder wissen konnte. Doch was sollte sie lange darüber nachdenken?

„Oma Maria hat immer gesagt, die Zeiten waren früher besser. Und Oma Augusta hat gesagt, dass Oma Maria keine Ahnung hat, weil sie

nur in ihrer spießigen kleinen Welt lebt. Na gut, ihr Haus war wirklich klein und der Garten auch nicht so groß, aber verstanden hab ich es trotzdem nicht. Wie groß ist eigentlich dein Garten?"

„Du meinst den Garten hier?" Wieder eine dieser merkwürdigen Frau-Meyer-Fragen.

„Ja, welcher bitteschön sonst?"

„Was glaubst du denn, wie groß er ist?"

„Das frag ich dich doch gerade!"

„Die Frage kannst aber nur du beantworten."

„Warum?"

Frau Meyer lächelte. „Weil ich glaube, dass er so groß ist, wie du glaubst, dass er es ist."

Liebe Güte, war das kompliziert! „Du meinst, ich soll mir wünschen, dass er klitzeklein oder riesengroß ist, und schon wird er's wirklich?"

„Nein. Nimm dir Zeit, um zu schauen, wie viele Wege es gibt. Sei klug und wähle einen aus, der für dich passt, und sei mutig, ihn bis zum Ende zu gehen. Oder sei noch klüger und noch mutiger und kehre um, wenn du merkst, dass es der falsche ist."

Ronja war schlau und Ronja war mutig, und Zeit hatte sie den ganzen Nachmittag! Eli schlug die Decke zurück. „Das schaff ich locker. Aber du kennst schon alle Wege: Kannst du mir nicht einen Tipp geben?"

„Wir können ein Stückchen zusammen gehen; überallhin begleiten kann ich dich nicht."

Das sah Eli ein. Wer sechsundsechzig Jahre verheiratet gewesen war, war sicher nicht mehr so flott zu Fuß. Vielleicht wollte Frau Meyer aber auch nur nicht zugeben, dass sie selbst nicht wusste, wie groß der Garten war? Weil sie verbotenerweise hier wohnte? Aber Emma hatte gesagt, dass Haus und Garten ihr gehörten! Dass sie zu Besuch war, nahm Eli der alten Dame jedenfalls nicht ab. Nie hatte sie irgendwo eine Menschenseele gesehen, und Nikodemus und Luigi-Rudi kamen als Gastgeber wohl kaum in Betracht. Oder doch? Auf jeden Fall musste sie schon sehr lange in den Garten kommen, denn sie hatte Studentenblumensamen gesammelt und Kirschmarmelade gemacht. Oder war das alles gelogen? Wenn sie am Ende gar nicht Frau Meyer war? Aber wer war sie dann? Und vor allem: Was tat sie hier? Das waren entschieden zu viele komplizierte Fragen auf

einmal, und Eli beschloss, dass es das Vernünftigste wäre, sich auf den Weg zu machen.

Sie ging zu Nikodemus, der in den Schneeglöckchen vor sich hinträumte. „Weißt du, wie groß der Garten ist?"

Der Troll fand die Frage offenbar keiner besonderen Beachtung wert, denn er öffnete nur ein Auge, als er antwortete: „Bis zum Bambus."

„Das kann nicht stimmen", wandte Eli ein. „Vom Bambus geht's zum Pavillon."

„Warum fragst du mich, wenn du's weißt?"

„Aber ich weiß es doch gar nicht!"

„Warum willst du es wissen?"

„Weil das wichtig ist."

„Und warum ist das wichtig?"

„Darum!" Das hätte auch von Mama stammen können.

Nikodemus hob das zweite Augenlid. „Schau dir das Grasbüschel da drüben an."

Eli wurde ungeduldig. „Was, bitte, hat ein Büschel Gras mit der Gartengröße zu tun?"

„Davor welkt ein Winterling. Nebendran blüht bald ein Gänseblümchen. Die Rosette ist schon aus dem Boden gekommen. Wenn du genau hinguckst, siehst du sogar den Ansatz der Knospe. Dann kommen die Farne. Und die Ameisen krabbeln darüber, und im Sommer blüht das Gras, und im Winter fällt Schnee darauf." Er zwinkerte ihr zu. „Was ist das nun: eine kleine oder eine große Welt?"

„Du nimmst mich nicht ernst!", sagte Eli beleidigt und ging zum Teich. Sie hockte sich vor den Baumstumpf. „Hallo, Rudi – bist du da?"

Aus der Tiefe des Wurzelwerks kam ein entrüstetes: „Hier gibt's keinen Rudi!"

„Ähm, ich wollte sagen, Rudolphius dings, ich meine: Luigi, edles Schiff – kannst du mir helfen?" Eli hörte ein Grummeln, und dann sah sie zu ihrer Freude die kleine Lok samt Tender und Waggon übers Moos tuckern. „Wo warst du denn den ganzen Winter über?"

„Eingefroren. Unter Massen von Schnee begraben!"

„Danke übrigens für dein Weihnachtsgeschenk."

„Ich hab's nicht ausgesucht. Nur ins Haus gefahren." Es schien fast, dass die kleine Eisenbahn unter ihrem Rost rot anlief vor Verlegenheit, aber das war natürlich völliger Unsinn.

„Wohnst du schon lange hier?"

„Solange ich denken kann."

„Kannst du mir sagen, wie groß der Garten ist?"

„Sicher kann ich das."

„Und?", fragte Eli gespannt.

Luigi ließ einen drolligen Ton hören, der wohl ein Tuten sein sollte, und dann stieg ein klitzekleines Wölkchen aus dem winzigen Schornstein auf. „Na, was sagst du: Ich kann wieder Dampf machen! In der Asche vom Ofen, die Frau Meyer auf den Kompost gekippt hat, sind nämlich jede Menge Kohlekrümel."

„Das ist schön", sagte Eli. „Aber ich habe gefragt, wie groß der Garten ist."

„Bis zu den Wolken." Das klang, als glaubte er das wirklich.

„Das ist doch keine Antwort!"

„Warum?"

„Weil ich wissen will, wo er anfängt und wo er aufhört."

„Anfangen tut er natürlich hier." Luigi ließ ein zweites Wölkchen ab. Es schwebte einen Moment über dem Wasser, stieg sacht empor und verlor sich im Vorfrühlingshimmel.

„Aber er könnte genausogut am Pavillon anfangen, oder auf der Terrasse bei Frau Meyer."

„Warum fragst du, wenn du's weißt?" Das klang beleidigt.

„Ich weiß es ja nicht!", rief Eli.

„Und warum willst du es wissen?"

„Weil's mich halt interessiert." Eli wurde langsam ärgerlich. Hatten sich Nikodemus und Luigi gegen sie verschworen? Oder steckte Frau

Meyer dahinter? „Ein Garten kann nie und nimmer bis zum Himmel reichen!"

Luigi stieß stolz ein drittes Wölkchen aus. „Doch."

„Nein!"

„Warum nicht?"

Eli kam sich plötzlich sehr erwachsen vor. „Weil das Unfug ist."

Sie richtete sich auf und straffte ihre Schultern. Wozu brauchte Ronja einen dösigen Troll und eine rostige Eisenbahn? Sie würde die Antwort allein finden! Entschlossen stapfte sie durch das Moos, ging am Pavillon vorbei und zwängte sich durch das Gestrüpp dahinter. Da war die Mauer! Wenn sie ihr folgte, musste sie irgendwann wieder hier ankommen. Sie brauchte bloß ihre Schritte zu zählen, und schon wäre das Rätsel gelöst.

Nach einigen Metern wurde das Dornengewirr derart dicht, dass sie die Mauer dahinter nur noch ahnen konnte, aber so schnell gab Ronja sich nicht geschlagen! Im Pavillon fand sie eine alte, noch funktionierende Heckenschere, und gutgelaunt kehrte sie zu der Stelle zurück, von der sie gekommen war. Doch war das wirklich der gleiche Ort? Sah das Gestrüpp nicht irgendwie anders aus? Und die Winterlinge hatten vorhin auch nicht dagestanden. Oder hatte sie sie nur nicht bemerkt, weil sie mit den Dornen beschäftigt war? Dieses Gelb konnte man nicht übersehen! Oder doch? Ach was, es war hier gewesen! Ganz sicher. Ziemlich sicher. Vermutlich schon.

Beherzt zerschnitt Eli die Dornenranken; sie riss Zweige ab, trat die Winterlinge platt, und endlich hatte sie es geschafft. Mit der Schere in der Hand folgte sie der Mauer und stieß ein triumphierendes: „Ich hab's gewusst!" aus, als sie den Durchbruch erreichte, durch den sie in den Garten kam. Sie ging weiter zu den Topinambur-Stängeln. Um an der Mauer zu bleiben, musste sie durch das Pfefferminzbeet und allerlei Grünes laufen, das im Schutz der alten Einfriedung keimte, und über die Schneeglöckchen, die vor der Mauer in Massen blühten. Einen Moment lang war ihr, als fühlte sie die Trauer der zertretenen kleinen Glocken, die nun den Frühling nicht mehr einläuten konnten. Aber es war doch nicht ihre Schuld, dass der Weg ausgerechnet hier entlang führte! Und überhaupt: Es gab so viele Schneeglöckchen; da fiel es gar nicht auf, wenn ein paar

fehlten – oder? Außerdem musste sie sich aufs Schritte-Zählen konzentrieren. Das war wichtiger, als sich wegen ein paar geknickter Blumen den Kopf zu zerbrechen. Sie kam zur Pergola mit den Christrosen, die inzwischen hellgrüne statt cremeweiße Blütenteller trugen, dann zum Bambus, und schließlich tauchte der Pavillon vor ihr auf. Sie hatte es geschafft!

Zufrieden kehrte sie zu Frau Meyer zurück. „Ich weiß es jetzt."

„Soso."

Das war nicht das, was Eli hören wollte. „Ich weiß jetzt, wie viele Schritte dein Garten groß ist!"

„Du hast den richtigen Weg gefunden?"

„Ja! Ganz dicht an der Gartenmauer bin ich lang und habe alle meine Schritte gezählt." Stolz nannte sie die Zahl. Jetzt musste Frau Meyer sie doch loben! Schließlich war das eine Mordsleistung: Kein einziges Mal hatte sie sich verzählt, obwohl sie Rechnen ja nicht mochte. Und zerstochen hatte sie sich und vom vielen Schneiden mit der Schere eine Blase am Daumen, und noch dazu einen Fleck auf dem neuen Anorak.

„Du kennst also die Länge der Mauer", sagte Frau Meyer. „Wenn du die Größe des Gartens wirklich wissen willst, musst du andere Wege gehen. Und zwischendrin mal Pause machen."

„Ja, ja", winkte Eli ab. „Damit ich das Gänseblümchen im Grasbüschel nicht übersehe." Sie hoffte immer noch aufs verdiente Lob.

Frau Meyer lächelte. „Weißt du eigentlich, dass jedes Schneeglöckchen unter den weißen Hüllblättern eine kleine Krone hat, und dass es Hunderte verschiedene grüne und sogar gelbe Zeichnungen darauf gibt? Die einen sind gestreift, andere getupft und wieder andere geformt wie ein Herz oder Hufeisen. Aber das kannst du nur entdecken, wenn du ihnen nahe kommst, wenn du dich zu ihnen herabbeugst und dir die Mühe machst, in sie hineinzuschauen."

Eli wurde heiß vor Scham. „Wenn ich wissen will, wo der Garten aufhört, bleibt mir doch gar nichts anderes übrig, als direkt an der Mauer entlang zu gehen!"

„Ich dachte, du suchst die Größe und nicht die Grenze? Außerdem kannst du die Mauer von außen viel besser sehen."

Das war allerdings wahr. Sie hatte sich völlig umsonst angestrengt und noch dazu die armen Schneeglöckchen kaputtgemacht!

Frau Meyer stand auf und legte die Decke zusammen. „Komm, ich zeige dir was." Sie gingen zum Teich. „Schau hinein", forderte sie Eli auf. „Und sag mir, was du siehst."

„Wasser", sagte Eli.

„Und was noch?"

„Spinnen, die übers Wasser krabbeln!" Fasziniert betrachtete Eli die seltsamen Insekten, die über die spiegelnde Fläche liefen, als wäre sie eine Gummimatte. Zwischen die Steine im flachen Wasser hatte jemand einen ganzen Eimer voll durchsichtigen Wackelpudding gekippt, der bei näherem Hinsehen aus lauter glibbrigen Kugeln bestand, jede mit einem winzigen schwarzen Punkt darin.

„Wasserläufer und Froschlaich", sagte Frau Meyer.

„Die Punkte werden alle Frösche?", fragte Eli erstaunt.

„Erst mal werden sie Kaulquappen. Und die sind ein gefundenes Fressen für die Libellenlarven. Dort – " Frau Meyer zeigte auf ein großes Insekt, das flink durchs Wasser schwamm und unter Luigis Wurzelstumpf verschwand. Je länger Eli schaute, desto lebendiger wurde der Teich. Da gab es runde Käfer, die auf dem Rücken ruderten, orangefarbene Pünktchen, die durchs Wasser schwebten, und Algenfäden, die grüne Teppiche webten. Und die Steine am Ufer waren nicht nur braun und grau, wie es auf den ersten Blick schien, sondern sie hatten rote und gelbe Sprengsel und moosfarbene Schatten, und das Wasser spiegelte die kahlen Bäume und den Himmel.

Ein Garten, der bis zu den Wolken ging. Wolken, die in den Garten kamen. Was machte das für einen Unterschied?

„Luigi hat recht", sagte Eli. „Irgendwie."

Frau Meyer schmunzelte. „Du auch. Ein bisschen."

Kapitel acht

Als Eli nach Hause kam, saß Mama im Wohnzimmer und blätterte in irgendwelchen Unterlagen. Sie sah ernst aus. „Komm, setz dich mal zu mir, Elisabetha." Wenn sie so anfing, hatte das meistens nichts Gutes zu bedeuten. Zögernd ließ Eli sich auf dem Sofa nieder.

„Dein Vater und ich sind der Meinung ..."

„Paps war da?", rief Eli.

„Ja. Und wir glauben, dass du ... Nun, dass du vielleicht mit jemandem über alles sprechen solltest."

Über alles was? Und wer, bitte, war Jemand? Mama schwärmte von einer netten Ärztin, nicht weit weg von Paps' Wohnung, und dass Paps versprochen habe, Eli immer hin- und wieder zurückzubringen, und endlich kapierte sie, dass die beiden wollten, dass sie in Therapie ging. Sie hatte Mühe, nicht loszuprusten.

„Ja, ich mach's."

Mama sah aus, als wäre ihr die Mattisburg vom Herzen gefallen. Sie nahm Elis Hand und drückte sie. „Weißt du, wir möchten nicht, dass du unter unserer Trennungsgeschichte leidest."

Am liebsten hätte Eli gesagt: „Dann trennt euch doch nicht!", aber sie ahnte, dass das keine gute Idee wäre. Also nickte sie und überlegte, dass das echte In-Therapie-Gehen ihr zwei dicke Vorteile brachte. Erstens hatte sie noch eine prima Ausrede mehr, um Emma loszuwerden, und zweitens, und das war noch viel besser: Sie würde Paps öfter sehen!

Der erste Termin war schon am übernächsten Tag. Paps kam pünktlich, aber er sah nicht aus, wie Eli ihn in Erinnerung hatte. Zum ersten Mal beschlich sie das Gefühl, dass sie ihm ein bisschen

lästig war. „Was soll ich denn bei dieser Ärztin machen?", fragte sie auf dem Weg in die Stadt.

„Sie wird sich mit dir unterhalten", antwortete er.

„Und über was?"

„Die Sache mit Mama und mir ... Das ist für dich ja sicher nicht ganz einfach."

„Aber das will ich nicht einer fremden Frau erzählen!"

„Sie ist sehr nett. Du wirst sie mögen."

Eli dachte an Mama und sagte nichts.

Der Tag verlief dann doch recht angenehm; die Ärztin hatte eine knallrote Brille und einen Leberfleck auf der Nase, und obwohl sie Eli Löcher in den Bauch fragte, war sie tatsächlich ganz nett. Eli erzählte von der Schule und von ihrem Zimmer und dass Mama viel arbeiten musste, aber nichts vom Garten und von Frau Meyer. Und erst recht nichts von Nikodemus und Luigi. Der alte Garten war ihr Geheimnis, ihres ganz allein.

Auf der Heimfahrt fragte ihr Paps die Löcher in den Bauch, und Eli überlegte, wofür sie in Therapie musste, wenn sie genausogut alles Paps sagen konnte. Bevor sie ausstieg, gab er ihr eine bunte Kordel mit einem Schlüssel daran.

„Damit du in meine Wohnung kannst – falls ich einmal nicht rechtzeitig da sein sollte, um dich abzuholen", sagte er, und Eli war stolz, weil sie jetzt erwachsen war.

Frau Meyer wusste natürlich, was sie in der Stadt gemacht hatte, aber Eli wunderte sich nicht darüber. Hauptsache, die alte Dame war überhaupt da. Und wenn sie allzusehr in Rätseln redete, konnte sie ja die Blumenfrau besuchen.

In den kleinen Laden ging Eli fast genauso gern wie in den verbotenen Garten, besonders, wenn es kalt war und regnete. In einem Nebenraum stand ein Tisch, an dem die Blumenfrau Sträuße und Gestecke band. Eli liebte es zuzusehen, wie aus Blättern und Blüten, Farnen und Früchten fantastische Kunstwerke entstanden. Es duftete nach Laub und nach Wald, auf dem Boden türmten sich abgeschnittene Stängel und Zweige, in einem Weidenkorb samtgrüne Kissen aus Moos.

Das musste sie unbedingt Luigi erzählen! Vielleicht hatte die kleine Eisenbahn ja Lust, statt in den Wolken mal hier im Laden spazie-

ren zu fahren? Was wohl die Blumenfrau sagen würde, wenn plötzlich weiße Wölkchen aus ihrem Mooskorb aufstiegen?

„Warum kommen so selten Leute zu dir?", fragte Eli.

Die Blumenfrau stellte Rosen in einen Eimer mit Wasser. „Die einen haben kein Geld für Blumen. Die anderen fahren lieber in die Stadt; da gibt es mehr Auswahl."

Eli fand, dass es im Laden die herrlichste Auswahl auf der ganzen Welt gab. „Wenn ich groß bin und Geld verdiene, kaufe ich jeden Tag einen Strauß Blumen bei dir. Versprochen!"

Die Blumenfrau lächelte.

„Glaubst du mir etwa nicht?", fragte Eli verschnupft.

„Doch, doch!" Sie zeigte auf den Stängel-Zweigehaufen. „Hilfst du mir, das rauszubringen?"

Eli nickte. Obwohl sie die Blumenfrau wirklich gern mochte, hatte sie auch ihr nicht verraten, dass Frau Meyer noch lebte. Sie wusste nur, dass Eli den verbotenen Garten kannte; aber das war ja nicht verwunderlich, schließlich wohnte sie genau gegenüber. Verwunderlich war vielmehr, dass Eli manchmal die Blumenfrau mit Frau Meyer verwechselte, obwohl die beiden sich gar nicht ähnlich sahen.

„Warum blühen bei dir nicht so hübsche Blumen wie bei der Blumenfrau?", fragte Eli beim nächsten Besuch. Frau Meyers Fältchen schmunzelten um die Wette.

„Weil im Draußen-Garten noch nicht die rechte Zeit dafür ist."

„Und wann ist die rechte Zeit?"

Die alte Dame zuckte die Schultern. „Es wird niemand da sein, der sie setzt und gießt."

„Du bist da."

„Ich bin bloß zu Besuch."

„Das ist doch gelogen!", entfuhr es Eli.

Die Fältchen hörten auf zu schmunzeln. „Leider nein."

„Leider? Warum leider? Du sagst mir jetzt auf der Stelle, bei wem du hier zu Besuch bist!"

„Warum?"

„Weil ich es wissen will."

„Warum?"

„Weil ich schon lange weiß, dass das dein Garten ist!"

„Und woher weißt du das?"

„Von Emma."

„Was sagt deine Freundin sonst noch?"

„Sie ist nicht meine Freundin."

„Warum?"

„Weil sie doof ist. Weil sie behauptet, dass du ... Weil sie lügt!"

„Also ist das doch nicht mein Garten?"

Eli schossen Tränen in die Augen. „Du bist gemein."

„Aber nein." Frau Meyer nahm sie in die Arme, und das hatte sie noch nie getan. „Die Dinge sind nicht immer so, wie sie manchmal scheinen."

„Wofür hast du all die Samen gesammelt, wenn du sie nicht säen willst?"

„Ich will schon. Nur mein Rücken nicht."

„Ich kann dir helfen!" Eli hatte plötzlich riesige Lust, ein Blumenbeet anzulegen. „Zeigst du mir, wie ich es richtig mache?"

Die alte Dame schaute so glücklich drein, als hätte sie auf diese Frage ihr Leben lang gewartet. „Wenn es die rechte Zeit ist: gern."

Ohne jedes Zutun wurde der Garten von Tag zu Tag bunter und fröhlicher, und drinnen auf der Fensterbank keimten Studentenblumen in Joghurt- und Sahnebechern, und Tomatenpflänzchen wuchsen in ausgedienten Quarkschalen heran.

Eli konnte es kaum erwarten, ihr Beet anzulegen. Selbst Nikodemus schien der Übermut zu packen: In einer Stunde erzählte er mehr als sonst in einer Woche. Vielleicht war es aber auch so, dass Eli mehr zuhörte, dass sie still neben ihm saß und schaute und staunte, denn es gab viel Neues zu entdecken. Die Krokusse hatten zartlila Streifen und Blütenkelche, die gelb wie die Sonne waren, und die Narzissen stäubten ihren Duft über die Wiese, in der die Schneeglöckchen den Himmelsschlüsseln Platz machten. Das Schlüsselblumenparfüm mischte sich mit dem der wilden Veilchen, und die Stiefmütterchen hockten wie Clowns in den Beeten, und an der Mauer nickten Elfenspiegel, und am Teich grüßten Lichtnelken und flauschiges Wollgras in der lauen Luft, und dann, und das war der allerschönste Tag überhaupt, blühte der alte Kirschbaum. Es sah aus, als trüge er ein Kleid aus weißer Seide. Die Bienen und Hummeln summten, dass man

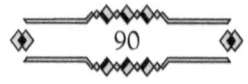

es bis zum Teich hören konnte, und Eli und Nikodemus schauten durch die Blüten in den blauen Himmel hinauf. Wie herrlich würde es sein, im Sommer die köstlichen Kirschen zu ernten! Aber halt: Hatte Oma Maria nicht gesagt, dass man dafür zwei Bäume bräuchte?

„Ja, das stimmt: Süßkirschen sind selbstunfruchtbar", erklärte Frau Meyer, als Eli aufgelöst zu ihr kam. „Aber keine Sorge. Zwei Straßen weiter steht noch ein stattliches Exemplar. Das genügt für eine ordentliche Ernte."

Eli klatschte vor Freude in die Hände. „Wann pflanzen wir endlich die Studentenblumen nach draußen?"

„Wenn es die rechte Zeit dafür ist."

„Und wann ist das?"

„Wenn die Sonne genug Kraft hat."

„Und wann hat sie das?"

„Der Winter kann noch wiederkommen."

„Bei der Blumenfrau stehen schon alle Blumen im Hof."

„Bestimmt räumt sie sie abends wieder rein."

„Das kann ich doch auch tun!"

Eli holte zwei Becher mit Studentenblumen und stellte sie auf den Terrassentisch. „Du wirst sehen: Hier wachsen die viel schneller als drinnen! Und noch dazu sieht es hübsch aus."

Frau Meyer lächelte. „Wenn du sie nur nicht vergisst."

„Ganz gewiss nicht!"

Jauchzend sprang Eli die Treppe hinunter und rannte durch den blühenden Garten.

„Jippi, Hurra! Endlich ist der Frühling da!"

Die folgenden Tage bewiesen das Gegenteil. Schnee stöberte und Regen wusch die Farben blass und der Himmel war grau und der Wind eiskalt wie im November, aber es war schlimmer als im November, denn im November erwartete man nichts anderes. Als Eli das nächste Mal in den Garten kam, waren die Studentenblumen erfroren.

„Du hast sie nach draußen gestellt, obwohl du keine Zeit hattest, dich um sie zu kümmern", sagte Frau Meyer. Es war kein Vorwurf, sondern eine freundliche Feststellung.

Traurig trug Eli die schwärzlichen Reste zum Komposthaufen.

„Wir sollten nach dem Olivenbaum sehen", sagte Frau Meyer, als sie wiederkam.

„Oliven wachsen doch nur im Süden!" Eli wusste das, weil Paps ihr erklärt hatte, woher das Öl kam, mit dem Mama den Salat anmachte.

„Manchmal wachsen sie auch bei uns", sagte Frau Meyer. Sie gingen zu einem Schuppen hinterm Haus, der so versteckt lag, dass er Eli noch gar nicht aufgefallen war. Unter dem Dachvorsprung stand ein Riesengeschenk. Es war gut doppelt so groß wie Eli, in eine beige Plane gewickelt und mit einer Schleife aus Sackleinen zugebunden. Frau Meyer knüpfte die Schleife auf und zog die Plane weg. Zum Vorschein kamen ein großer Topf und ein kleiner Baum. Der Stamm steckte in Stroh, in der Rinde waren Risse und an den Zweigen hingen lauter schwarzbraune Blätter. Keine Frage: Der armen Olive war es ergangen wie den Studentenblumen.

„Hast du sie vielleicht nicht dick genug eingepackt?", fragte Eli.

Frau Meyer entfernte das Stroh. „Wir hatten einen strengen Winter." Sie faltete die Plane zusammen und Eli half, das Stroh zum Kompost zu bringen. „Magst du einen Pfefferminztee?", fragte Frau Meyer auf dem Rückweg. Eli nickte, aber mit ihren Gedanken war sie bei der Olive. Die alte Dame verschwand im Haus, Eli setzte sich auf die Terrasse. Trotz allem war es tröstlich, dass auch die kluge Frau Meyer Fehler machte. Und der Olivenbaum war sicher viel wertvoller als zwei Joghurtbecher mit Studentenblumen.

„Was machst du jetzt damit?", fragte Eli, als sie den Tee getrunken hatten.

„Abwarten."

Frau Meyer stellte das Geschirr zusammen und brachte es hinein. Eli lief zurück zur Hütte. Das Bäumchen sah wirklich zum Weinen

aus. Vom Stamm ließ sich die Rinde lösen und die Blätter waren traurige Schatten auf der Hüttenwand. Wenn der Anblick für Eli schon so arg war, wie musste erst Frau Meyer zumute sein? Am besten, sie schaffte das Übel aus der Welt! Wenn man's nicht mehr anschauen musste, war es nur noch halb so schlimm; das hatte Eli bei den Studentenblumen gemerkt. Sie holte die Heckenschere, schnitt alle Zweige ab und versteckte sie unter dem Gebüsch an der Mauer. Für den Stamm musste sie eine Säge suchen, und sie war nass geschwitzt, als sie fertig war. Plötzlich stand Frau Meyer da.

„Warum hast du das gemacht?"

„Weil er tot ist."

„Woher weißt du das denn?"

„Weil ein Baum nicht ohne Rinde leben kann. Und die ging ja fast von alleine ab! Und weil alle Blätter braun sind, aber Paps sagt, dass Oliven immer grüne Blätter haben. Und dass sie keinen starken Frost vertragen. Und wir hatten starken Frost."

Die alte Dame legte Elis Hand auf den abgesägten Stumpf. Er fühlte sich feucht an. Sie kratzte an der verbliebenen Rinde; darunter schimmerte es grün.

„Siehst du: Er hat noch Saft."

Eli sah sie entsetzt an. „Soll das heißen, dass da noch mal was draus geworden wäre? Dass er neue Blätter bekommen hätte, wenn ich nicht ... dass er noch gelebt hat?"

„Ich kann es dir nicht sagen. Vieles spricht dagegen, einiges dafür. Um die richtige Antwort zu erfahren, hättest du ein bisschen Geduld haben müssen."

Eli spürte, wie ihr Tränen in die Augen stiegen. „Warum hast du mir das nicht gleich gesagt?"

„Du hast nicht gefragt."

Es war ein schlimmer Tag, aber dann kam ein Tag, der noch schlimmer war, schlimmer noch als jener Tag, an dem Räuberhauptmann Mattis rief, er habe keine Tochter mehr. Er glaubte, dass Ronja ihn verraten hätte, dabei war es gar nicht so. Aber bei Eli, da war es so. Nur andersherum.

Eigentlich war es ein schöner Tag, mit flauschigen Wolken, die über den blitzblauen Himmel segelten. Eli schaute ihnen zu und

träumte. Sie war in Therapie, aber längst hatte sie keine Antworten mehr auf die vielen Fragen der rotbebrillten Ärztin und auch überhaupt keine Lust, alles ständig doppelt und dreifach zu erzählen. Deshalb war sie an diesem Tag früher fertig als sonst.

Als sie Paps' Wohnungstür aufschloss, hörte sie ihn laut in der Küche reden. Eine Frau antwortete, genauso laut. Eli erkannte die Stimme sofort. Was wollte denn Katja hier? Und warum stritten die beiden?

Die Küchentür stand einen Spalt offen; Eli schlich näher. Sie sah ein Stückchen von Paps' Rücken und von Katja nichts.

„Du musst es ihr endlich sagen!", rief sie.

„Ich kann das aber nicht", sagte Paps.

„Ich mache dieses Theater nicht länger mit!"

„Katja, bitte. Eli ist noch nicht soweit."

„Und wann wird sie soweit sein? In drei Jahren, in fünf? In zehn? Wenn sie mit dreißig das dritte Kind kriegt?"

Eli bekam eine Stinkwut. Was fiel dieser dummen Gans ein?

„Wenn du es ihr nicht sagst, sage ich es ihr!" Das klang sehr böse.

„Das tust du nicht!" Paps hörte sich fast genauso böse an.

„Merkst du nicht, dass du mit deiner Lügerei alles nur schlimmer machst? Du spielst ihr eine Welt vor, die es nicht gibt!" Katja lachte verächtlich. „Tust so, als hättest du Glücksklee für sie gesucht. Wenn ich gewusst hätte, welches Ammenmärchen du daraus strickst, hätte ich das verstaubte Zeug weggeworfen."

Paps' Stimme wurde leiser. „Siehst du: Für dich haben die Kleeblätter keine Bedeutung mehr, für meine Kleine sind sie etwas ganz Besonderes."

„Herrgott nochmal! Weil sie glaubt, dass ihr heiliger Paps sie höchstselbst im Mondschein gepflückt hat! Was wird sie wohl sagen, wenn sie erfährt, dass mein Ex sie mir zur Hochzeit geschenkt hat?" Jetzt wurde auch ihre Stimme leise, bittend. „Um unseretwillen: Sag deiner Tochter die Wahrheit. Sie ist alt genug, sie zu verstehen."

Eli war starr vor Entsetzen. Paps hatte sie von vorn bis hinten belogen! Noch dazu wollte er offenbar Mama durch Katja ersetzen! Sie merkte, wie ihr die Tränen übers Gesicht liefen. Und dann wuchs in ihrem Hals ein so dicker Kloß, dass sie das Gefühl hatte, keine Luft mehr zu bekommen. Paps und Katja redeten weiter, aber Eli wollte

nichts mehr hören. Sie wollte nur noch weg und Paps nie wiedersehen. Überhaupt keinen Menschen auf der Welt wollte sie mehr sehen.

Sie legte die Kordel mit dem Schlüssel auf die Garderobe, zog die Wohnungstür hinter sich zu und rannte die Treppe hinunter, raus auf die Straße. Der Himmel war nicht mehr blau und die Wolken hingen grau und schwer über den Häusern.

Paps hat mich verraten!, hämmerte es in ihrem Kopf, während sie in die Richtung lief, von der sie glaubte, dass es die richtige sei. Mama war am Arbeiten, sie würde Eli nicht vermissen. Bestimmt würde sie sie nicht mal vermissen, wenn sie gar nicht mehr käme! Und Paps auch nicht. Der hatte ja jetzt Katja. Eine Stimme in ihrem Innern sagte, dass das nicht stimmte, aber die log wie Paps! Und Mama war genauso schuld, dass alles war wie es war. Nein, nach Hause würde sie bestimmt nicht gehen! Es gab nur einen Ort, an dem sie jetzt sein wollte. Eli blieb stehen und schaute sich um. In dieser Straße war sie noch nie gewesen.

Trotzig putzte sie die Tränen weg. Ronja würde den Weg schon finden!

Die Wolken waren grauschwarz und ihre Füße taten schrecklich weh, als sie endlich an der Brache ankam. Sie schlüpfte durch den Mauerspalt, und sofort fühlte sie sich besser. Es war, als webte der alte Garten mit seinen Blättern und Blüten, Geräuschen und Gerüchen ein warmes weiches Tuch aus Trost und Geborgenheit.

Eli lauschte dem Plätschern des Baches und sah den flinken Wasserläufern zu. Nach Luigi rief sie nicht. Heute war kein Tag, um in den Himmel zu fahren. Schließlich ging sie zum Kirschbaum und setzte sich neben Nikodemus ins Gras. Nicht nur, dass Paps sie verraten hatte: Jetzt wusste sie, dass er und Mama nie mehr zusammenkommen würden, egal, wie sehr sie sich das wünschte.

Sie weinte, und Nikodemus hörte ihren Tränen zu.

„Ich bin so unglücklich", sagte sie, als sie ausgeweint hatte.

Er blinzelte. „Wenn ich mir den Himmel angucke, bin ich's auch. Wir werden ein teuflisches Gewitter kriegen."

„Was interessiert mich ein Gewitter?", rief Eli. „Mein Paps hat mich belogen und betrogen!"

„Die Wolken sehen grauslig aus."

„Er hat mir Glücksklee geschenkt und behauptet, er hätte ihn extra für mich gesammelt. Aber das stimmt nicht!"

Nikodemus schob seine Zipfelmütze gerade. „Glücksklee heißt Glücksklee, weil er nicht drei, sondern mindestens vier Blätter hat, richtig? Und wenn ich's recht verstehe: die hat deiner immer noch."

Eli wurde wütend. „Du machst dich lustig über mich!"

„Woher weißt du, dass ich mich lustig mache?"

„Du siehst aus, als würdest du es tun."

„Genügt es, wenn ich sage, dass ich es nicht tue?"

„Aber du siehst so aus!", beharrte Eli.

„Kann es sein, dass es dir gelegen käme, wenn ich so aussähe? Damit du richtig böse auf mich sein kannst?"

Eli kamen Zweifel, ob Nikodemus der Richtige war, um über ihren Kummer zu sprechen. Und so saß sie neben ihm an den Stamm des alten Kirschbaums gelehnt und sagte nichts mehr.

Aber womöglich war Nichtssagen ja das, was sie jetzt am meisten brauchte.

Kapitel neun

Der Himmel sah zum Fürchten aus. Schwarz waren die Wolken und es rumpelte darin, als räumte der Liebe Gott seine Möbel um. Windböen wirbelten Blätter durch die Luft, bogen Zweige und Äste, zerzausten Elis Haar. Sie stand auf und rannte zum Haus. Frau Meyer war nicht da, und ohne sie wollte Eli nicht hineingehen. Sie kauerte sich in den Schaukelstuhl. Dicke Tropfen klatschten auf die Balustrade und immer neue Böen fegten durch den Garten. Eli schlang die Arme um ihre Beine und war froh, dass die Terrasse überdacht war. Plötzlich fing es an zu schütten, als ob jemand im Himmel Wannen voller Wasser auskippte, und dann prasselte es auf dem Dach, dass Eli sich die Ohren zuhielt. Es hörte sich an, als würfe eine Kohorte frecher Jungs mit Kieseln, aber es waren Hagelkörner, und es folgten grelle Blitze und so gewaltige Donner, dass Eli nicht wusste, wovor sie mehr Angst haben sollte. Es schien ihr eine Ewigkeit, bis das Gewitter endlich abzog.

Die Sonne brach giftgelb durch die Wolken, als ob der Jemand da oben ein hässliches Licht angeknipst hätte, und Eli konnte nicht glauben, was sie sah: Der alte Garten war weiß – und kahl! Zu Tausenden lagen zarte Frühlingsblätter unter Bäumen und Büschen, und die wenigen, die hängengeblieben waren, hatten üble Löcher. Aber noch schlimmer sahen die Blumen aus: die Blüten zerschlagen, die Stängel zerknickt. Ein teuflisches Gewitter. Nikodemus hatte recht gehabt. Und eigentlich ging es ihm ja viel schlechter als ihr.

Er konnte nicht weglaufen, und die Bäume und Blumen konnten es auch nicht. Sie mussten ertragen was kam, und wenn es der Tod in Form von Hagelkörnern war. Eli hätte schon wieder weinen mögen. Erst hatte Paps sie verlassen und jetzt war auch noch der Garten

kaputt. Die Welt war einfach ungerecht! Nikodemus hockte in einem Haufen aus Hagel und Laubgehäcksel.

„Ist das nicht schrecklich?", rief Eli.

Er öffnete ein Auge. „Ist das nicht herrlich?" Eli wollte ihn gerade fragen, ob er komplett verrückt sei, aber dann sah sie es auch: Über dem Garten spannte sich ein riesiger Regenbogen. Dass ein Unwetter etwas so Schönes hervorbringen konnte! Sie wandte sich wieder Nikodemus zu, aber der hatte die Mütze übers Gesicht gezogen, und schlief. Dieser Troll war wirklich ganz und gar unmöglich!

Am Teich rief sie nach Luigi und atmete auf, als sie sein drolliges Tuten hörte. Auf dem Baumstumpf klebte Eis, aber Luigi schien das nicht zu stören. Er stieß ein Dampfwölkchen aus.

„Magst du mit mir in den Himmel reisen?" Wie konnte er bei der Zerstörung ans Vergnügen denken – und noch dazu eine derart grässlich gute Laune haben?

„Nein, mag ich nicht!", sagte Eli, aber die kleine Eisenbahn gab nicht eher Ruhe, bis sie doch einstieg. Sie zog die Gardinen zu, damit sie das Chaos draußen nicht sehen musste. Es nützte nichts. Luigi legte sich in die Kurve, dass die Fenster aufsprangen, und der Fahrtwind wehte die Vorhänge zur Seite, und wie beim letzten Mal wurde alles groß, was vorher klein gewesen war. Aber nicht nur die Größe änderte sich: Die hässlichen Hagelkörner verwandelten sich in glitzernde Zauberkugeln, und als sie über die gebogenen Halme der Gräser fuhren, rutschten die Regentropfen wie Perlen von einer grünen Schnur.

Über die Zipfelmütze von Nikodemus hinweg zuckelte Luigi in den nassen Efeu am Kirschbaumstamm, und sie fuhren von Ast zu Ast bis nach oben und dann durch ein gezacktes Kirschblattloch geradewegs zum Regenbogen.

Aus der Nähe betrachtet, waren die Farben noch viel prächtiger, und sie breiteten sich nicht nur über dem Garten, sondern über der ganzen Stadt aus. Der bunte Bogen leuchtete, als wollte er allen Kummer der Welt überstrahlen.

Auf dem Nachhauseweg war Eli immer noch traurig, aber gleichzeitig auch ein bisschen froh. Wenn es bei der Ärztin nicht so öde gewesen wäre, wäre sie nicht früher gegangen und dann wüsste sie immer noch nicht, dass Paps sie belog und betrog. Und wenn Paps sie

nicht belogen und betrogen hätte, wäre sie nicht im Garten gewesen. Und wenn der Hagel nicht gewesen wäre, hätte sie mit Luigi nicht durch das kaputte Kirschbaumblatt zum Regenbogen reisen können. Mama und Paps saßen am Tisch in der Küche. Gestern noch hätte Eli sich gefreut, aber jetzt wusste sie, dass das nichts zu bedeuten hatte, dass es nie wieder etwas bedeuten würde. Mama sprang auf. „Wo warst du so lange?"

Paps sagte nichts. Er sah müde und traurig aus.

„Spazieren", sagte Eli.

„Bei dem Unwetter?"

„Da war ich bei Emma", log Eli.

Paps schaute sie an. „Du hast gehört, was ich mit Katja besprochen habe, nicht wahr?"

Eli merkte, dass der Kloß wieder wuchs, aber diesmal wurde er nicht ganz so dick. Sie zuckte die Schultern und ging in ihr Zimmer. Paps kam ihr nach.

„Bitte glaub mir: Ich wollte es dir längst sagen, aber weil du Katja nicht leiden magst, habe ich mich nicht getraut."

„Du hast mich belogen!"

„Ja", räumte er ein. „Kannst du mir verzeihen?"

Eli holte das Pergamentheftchen mit den Kleeblättern aus Ronjas Buch. „Das verstaubte Zeug kannst du deiner Katja zurückgeben."

Sie sah, dass ihn ihre Worte noch trauriger machten, aber so traurig wie sie es war, konnte er gar nicht werden!

Er steckte das Heftchen ein. „Es wäre schön, wenn du eines Tages verstehen könntest ..."

„Ich verstehe, dass du lieber mit dieser dummen Katja als mit Mama zusammenbist!"

Eli starrte aus dem Fenster. Die verwelkten Schneeglöckchen in den Joghurtbechern sahen so jämmerlich aus wie sie sich fühlte. Sie zuckte zusammen, als sie seine Hände auf ihren Schultern spürte. Sie hatte sich immer beschützt und geborgen gefühlt, wenn er das tat; jetzt war es eine drückende Last, die sie am liebsten abgeschüttelt hätte. „Was auch kommen mag, du bleibst meine mutige Ronja", sagte er leise, aber Eli wusste, dass sie genau das nicht mehr war.

Der ganze Tag war ein Hagelsturm gewesen, und er hatte mehr kaputtgemacht als die Blumen in Frau Meyers Garten. Und getröstet hatten sie Nikodemus und Luigi. Nicht Paps.

Er nahm die Hände weg. „Möchtest du lieber allein sein?"

Eli nickte. Es war seit Weihnachten das zweite Mal, dass sie froh war, als er ging. Sie rückte Mimi beiseite und öffnete das Fenster. Der Regenbogen war verschwunden und mit ihm das letzte Fitzelchen Frohsein: Sie hatte keine Zuflucht mehr! Weinend warf sie sich aufs Bett und schluchzte sich in den Schlaf. Sie träumte von Ronja und vom Mattiswald, und es donnerte und blitzte, und dann rutschte sie mit Paps und Nikodemus den Regenbogen hinunter und sie platschten vom Kirschbaum in den Teich. Und Oma Maria saß in Frau Meyers Schaukelstuhl und die Vögel sangen und Luigi segelte selig hoch oben über wolligen Wolken.

In der folgenden Woche verbrachte Eli viel Zeit mit Emma. Es war besser, über Rechenaufgaben und Deutschaufsätze nachzudenken als über die Lügen von Paps und Frau Meyers kaputten Garten. Außerdem musste sie sowieso was für die Schule tun, denn im letzten Diktat hatte sie eine Fünf geschrieben.

Als sie Emma sagte, dass sie keine Lust mehr habe, in Therapie zu gehen, meinte die: „Dann geh doch nicht." So viel Aufmüpfigkeit aus dem Mund der braven Musterschülerin war schon fast zum Lachen. Und sie hatte recht! Weder Mama noch Paps konnten Eli zu weiteren Sitzungen bei der rotbebrillten Ärztin bewegen. Paps wollte ihr den Schlüssel wiedergeben, aber Eli sagte, dass sie ihn nicht brauche, weil sie ihn sowieso nicht mehr besuchen komme. Sie wusste, dass sie ihm damit wehtat, und genau das wollte sie. Der verflossene Räuberhauptmann sollte ruhig merken, wie schlimm es war, verlassen zu werden! Leider nützte das nicht viel, denn Eli war trotzdem traurig, und sie vermisste ihn jeden Tag mehr. Aber nie im Leben hätte sie das zugegeben!

Es war erstaunlich, dass ausgerechnet Emma es am besten schaffte, Eli von ihrem Kummer abzulenken: Sie zeigte ihr ihre Lieblingsbücher, und darin standen keine Geschichten von geheimnisvollen Gärten, Räubern und Prinzen, sondern lauter Ziffern und Zahlen, und sie verriet Eli Tricks, wie man sich möglichst viele davon merken

konnte. Sie erzählte und erklärte, bis Eli ganz wirr wurde und in ihrem Kopf kein Millimeter Platz mehr für traurige Gedanken blieb. So vergingen die Tage, und als Eli freitags aus der Schule kam, hatte sie Paps und den alten Garten schon beinahe ein bisschen vergessen. In der Wohnung war es kühl; Mama sagte, sie müssten Heizkosten sparen. Eli löffelte einen Joghurt und ging in ihr Zimmer. Damit sie nicht ständig zum Kirschbaum hinübersehen musste, hatte sie die Gardinen zugelassen. Sie zog sie zurück – und starrte auf Mimi: Vor lauter Emma-Geschichten, Garten-Traurigkeit und Paps-Wut hatte sie nicht daran gedacht, sie zu gießen, und nun hingen ihre Wedel so schlaff herab wie im Winter die Blätter vom Glücksklee. Aber vielleicht war noch was zu retten? Eli schüttete Wasser in das sonnengelbe Töpfchen, bis der Untersetzer überlief, aber ihre Hoffnung, dass Mimi wiederauferstehen könnte, erfüllte sich nicht.

„Manche Dinge kann man nicht heilen", sagte die Blumenfrau, als Eli ihr am Samstagvormittag den kläglichen Rest vorbeibrachte.

„Aber was mache ich denn jetzt?", rief sie verzweifelt.

„Vielleicht darüber nachdenken, ob eine Mimose die richtige Pflanze für dich ist?"

Eli wischte sich eine Träne aus dem Auge. „Ich hab sie aber doch lieb gehabt."

Die Blumenfrau leerte Mimi samt Erde in einen Eimer. „Liebhaben reicht nicht. Du musst dich auch kümmern."

Der Kloß in Elis Hals war zu dick zum Sprechen.

Am Montag beschloss sie, wieder in den Garten zu gehen. Nachdem die Therapie weggefallen war, blieb nur der Tennis-Kotsch als Ausrede; Emma sah enttäuscht aus, aber Elis schlechtes Gewissen war vergessen, sobald sie durch die Mauer schlüpfte. Sie hatte Angst vor dem, was sie erwartete, Angst, dass der Garten wie Mimi nicht mehr zu heilen, dass er wie Paps für sie verloren war – aber was war das?

Hinter der Mauer grünte es und blühte, als hätte es nie einen Hagelschauer gegeben! Nur wenn sie ganz genau hinschaute, konnte sie hier und da noch Zeichen der Zerstörung entdecken: vom Baum geschlagene grüne Kirschen im Gras, ein zerfranstes Blatt zwischen zarten neuen, geknickte Stängel, eine Blume ohne Blüten. Dazwischen hatte sich so viel Neues geschoben, dass es nicht zu glauben war. An der Terrasse leuchteten knallrote Tulpen in einem Meer aus

Vergissmeinnicht, die Wiese war sonnengelb vor Löwenzahn und der Weg zum Pavillon mit Gänseblümchen bestickt. Es war, als hätte der alte Garten über das graue Gestern einfach ein heiteres Heute gemalt.

Eli besuchte nun Frau Meyer fast jeden Tag, und jedes Mal sah der Garten ein bisschen grüner aus. Das Gebüsch an der Mauer wucherte zu einem dichten Dornentunnel, durch den Eli nur noch mit Mühe hindurchpasste, die lichtgrünen Christrosen wurden von sattgrünem Giersch überwachsen, Efeu und Hopfen kletterten in Büsche und Bäume und zauberten grüne Zimmer mit blauer oder weißer Decke, je nachdem, ob die Sonne schien oder Wolken am Himmel zogen. Und aus den Zimmern klangen die leisen Lieder des Windes, die lustigen der Vögel und die lauten der Frösche, deren Quaken über die Mauer bis in Mamas Wohnung drang.

Die Pfefferminzen gediehen so üppig, dass Frau Meyer täglich ernten konnte, und wenn Eli nach dem Tee zu Nikodemus ging, duftete das Gras nach Heu und Honig.

An einem sonnigen Tag im Mai trug Frau Meyer endlich die Quarkschalen und Joghurtbecher nach draußen.

„Ist jetzt die rechte Zeit?", fragte Eli.

Die alte Dame nickte lächelnd, und sie verbrachten den ganzen Nachmittag damit, Studentenblumen und Tomaten in das Terrassenbeet zu pflanzen, in dem Tulpen und Vergissmeinnicht verblüht waren. Eli war enttäuscht über das mickrige Ergebnis, sagte aber nichts.

Auf der Wiese wandelten sich die Sonnenköpfe des Löwenzahns in luftige Pusteblumen und Gras wuchs über die Gänseblümchen. Immer mehr geheimnisvolle Winkel und Verstecke gab es im alten Garten, zugewucherte Wege, verflochtene Dickichte und Dornenzelte, in denen Rotkehlchen, Zaunkönig und Igel wohnten. Aber es fehlten die bunten Blumen, die Eli im Garten von Oma Maria so geliebt hatte. Stattdessen sprossen überall Giersch und Quecken. Und jede Menge Brenn-Nesseln.

„Oma Maria hat gesagt, man muss aufpassen, dass einem das Unkraut nicht über den Kopf wächst", sagte Eli, als sie die erste Brenn-Nesselsuppe des Jahres aß.

Frau Meyer nickte. „Ja. Es wird Zeit, dein Blumenbeet anzulegen."
Eli nahm noch eine Kelle Suppe. Wie Oma Maria hatte Frau Meyer

Sahne, einen Klacks Joghurt und eine ordentliche Prise Muskat drangetan; dazu gab es frisches Brot. Es schmeckte köstlich.

„Ich werde die schönsten Blumen weit und breit haben!", sagte Eli kauend. „Und ganz viele Erdbeeren und Himbeeren! Rote Johannisbeeren vielleicht auch, aber bloß nicht die schwarzen. Oma Maria hat nämlich Saft davon gekocht, und den gab sie mir immer zu trinken, wenn ich Schnupfen hatte. Darum hab ich höllisch aufgepasst, dass ich ja nicht niesen musste, wenn ich bei ihr zu Besuch war."

Frau Meyer lachte. „Du solltest dich entweder für ein Blumenbeet oder für ein Beerenbeet entscheiden. Wo soll es überhaupt hin?"

„An die Mauer, gleich neben die Pfefferminzen!"

„Warum dort?"

„Weil ich mich dann übers Riechen und Schauen auf einmal freuen kann."

Frau Meyer wollte etwas sagen, besann sich aber anders. Eli löffelte den Teller leer und half beim Geschirrspülen. Danach trugen sie Hacke, Spaten, Rechen und einen Eimer aus dem Pavillon zur Mauer.

„Bevor du anfängst, solltest du darüber nachdenken, was du wohin setzen möchtest", sagte Frau Meyer.

Eli nahm die Hacke. „Warum? Erst muss das Unkraut weg, dann pflanze ich die Blumen. So hat's Oma Maria auch gemacht."

„Welche Blumen hättest du denn gern?"

Eli erinnerte sich an die Farben in Oma Marias Garten, aber leider nicht an die Namen der dazugehörigen Gewächse. „Rote, gelbe und blaue natürlich – und noch ein paar, die orange blühen und lila. Und grüne brauche ich auch. Das wird nämlich ein großes Regenbogenbeet!"

„Hm", sagte Frau Meyer. „Falls du Fragen hast oder Hilfe brauchst: Ich bin auf der Terrasse." Sie ging, und Eli freute sich, dass sie endlich loslegen konnte.

Beschwingt hackte sie auf das Unkraut ein. Liebe Zeit, war das hartnäckig! Na gut, wenn sie die Wurzeln nicht aus dem Boden bekam, riss sie eben die Blätter ab. Giersch konnte man ja notfalls aufessen. Zumindest hatte Oma Maria das behauptet, und was die Brenn-Nesseln anging: So lecker, wie die Suppe geschmeckt hatte, war es doch praktisch, wenn ein bisschen neue Ernte nachwuchs. Außerdem hatte sie damit schon mal das Regenbogengrün im Beet. Eli

hackte und grub, grub und hackte, und ihr Rücken und ihre Hände fingen an fürchterlich wehzutun.

Trotz der Plackerei war bis zum Abend nur ein schmaler Streifen unkrautfrei, und Eli entschied, dass ein kleines Regenbogenbeet sowieso viel schöner war.

Am folgenden Tag ging sie nach der Schule zur Blumenfrau. „Hast du zufällig ein paar Blumenbeetblumen für mich übrig?"

„Was für welche suchst du denn?"

„Na, bunte hübsche halt."

Die Blumenfrau grinste. „Wenn deine bunten und hübschen Blumen zusammenpassen sollen, musst du mir schon ein bisschen mehr verraten."

„Zusammenpassen?", wiederholte Eli erstaunt.

„Wie du sicher weißt, gibt es nicht nur Pflanzen mit kleinen und großen, mit einfachen und gefüllten Blüten, sondern die einen brauchen Sonne, andere wachsen im Schatten, und wiederum anderen ist es egal. Und sie blühen zu unterschiedlichen Jahreszeiten."

Darüber hatte Eli gar nicht nachgedacht. Sie kam sich plötzlich ziemlich dumm vor. „Es ist ein kleines Beet", sagte sie verlegen. „An einer Mauer."

„Mauer – das bedeutet also eher schattig?"

„Ein bisschen kommt die Sonne schon hin."

„Halbschattig also. Ist der Boden trocken oder feucht?"

„Äh ... feucht, glaube ich. Zumindest war er das gestern, als ich das Unkraut weggehackt hab."

„Was für Unkraut war das denn?"

„Giersch und Brenn-Nesseln. Warum?"

„Unkräuter mögen bestimmte Böden lieber als andere", erklärte die Blumenfrau. „Und dadurch verraten sie uns, welche Pflanzen sonst noch an ihrem Standort gut gedeihen."

Eli fand es anstrengend genug, das Unkraut auszugraben, und jetzt sollte sie sich auch noch Gedanken machen, auf welchem Boden es am liebsten wuchs? Sie hätte nicht gedacht, dass es so kompliziert war, ein Regenbogenbeet anzulegen. Vielleicht lohnte es doch eher, Beeren zu pflanzen?

„Hast du Himbeeren und Erdbeeren? Und vielleicht Johannisbeeren? Aber nur die roten!"

„Himbeeren setzt man im Herbst", sagte die Blumenfrau. „Und Erdbeeren bevorzugt im Spätsommer. Damit sie schmecken, brauchen sie viel Sonne; Johannisbeeren übrigens auch. Aber Farne würden prima vor einer Mauer wachsen."

„Farne sind langweilig", sagte Eli. Außerdem gab es davon im Garten schon mehr als genug.

„Langweilig? Na, dann komm mal mit."

Die Blumenfrau führte Eli in einen kleinen Hof hinter den Laden, in dem jede Menge Töpfe standen, aus denen hässliche ockerbraune Knubbel lugten. Eli verzog das Gesicht; die Blumenfrau lächelte. „Die werden noch." Sie deutete auf die Töpfe und nannte so ulkige Namen, dass Eli lachen musste: „Allerweltstrichterfarn, Pfauenradfarn, Streifenfarn, Rüsselfarn, Riesenwurmfarn, Zimtfarn, Schriftfarn, Tüpfelfarn, Wellenhirschzungenfarn, Felsenblasenfarn, Ruprechtsfarn." Und dann erzählte sie zu jedem eine Geschichte, und die Knubbel entrollten sich vor Elis Augen zu einem grünen Zauberwald.

„Ich kann keine bunten Blumen in mein Beet pflanzen", sagte sie, als sie zu Frau Meyer in den Garten kam.

Die alte Dame schaute neugierig in das Kistchen, das Eli auf den Terrassentisch stellte. „Und was hast du stattdessen Hübsches mitgebracht?"

„Lustige Farne. Hilfst du mir, sie einzusetzen?"

Die Knubbel waren rasch gepflanzt und das Ergebnis sah noch mickriger aus als die Tomaten vor der Terrasse. Der Zauber der schönen Namen verflog; Eli fühlte Enttäuschung und ein bisschen Zorn. „Schade, dass ich mein Regenbogenbeet nicht haben kann."

„Aber liebes Kind! Warum muss es ausgerechnet die schattige Stelle an der Mauer sein?"

„Anderswo ist doch alles zugewachsen!"

Frau Meyer legte die Hacke in das leere Kistchen. „Zugewachsen war es hier auch, oder? Such dir einfach ein sonniges Plätzchen, an dem etwas steht, das dir weniger wert ist als bunte Blumen."

„Dann muss ich ja noch mal graben!"

Die alte Dame lächelte. „Es mag Wünsche geben, die sich von allein erfüllen. Für deine musst du eben schwitzen.

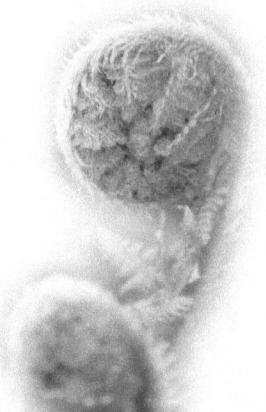

Aber das hast du vergessen, wenn deine Regenbogenblumen im Sommer um die Wette blühen."

„Ja", sagte Eli lustlos. Ihr Rücken tat noch von gestern weh und ihre Hände waren voller Blasen.

„Was hältst du davon, dein Beet an der Terrasse anzulegen?", schlug Frau Meyer vor. „Mit den Studentenblumen sind die ersten Farben schon gesetzt; du könntest Rittersporn dazupflanzen, Astern, Phlox und Taglilien – Taglilien schmecken übrigens lecker!" Sie zwinkerte Eli zu. „Manchmal darf man dem Wünsche-Erfüllen auch ein bisschen unter die Arme greifen. Außerdem gibt's Wünsche, die erfüllen sich, ohne dass man es merkt – oder sogar, bevor man sie überhaupt hat."

Eli guckte verwundert, und sie gingen zu dem versteckten Schuppen hinters Haus. Nicht weit weg von dem Topf mit dem gestorbenen Olivenbaum waren Schnüre gespannt. Darunter trieben Stecken aus.

„Himbeeren", sagte Frau Meyer. „Rote, weiße und schwarze Johannisbeeren wachsen im Vorgarten bei der Pergola. Erdbeeren gibt es auch, aber nur die kleinen wilden. Und die stacheligen Ranken dort drüben, das sind Brombeeren. Du solltest sie im Juli probieren. Sie sind köstlich."

Ihre Fältchen feixten. „Bevor wir allerdings anfangen, der Terrasse zu Leibe zu rücken, ernten wir erst mal gemütlich zwei Tässchen Tee."

Sommer.

Denkst du an Engel,
so bewegen sie ihre Flügel.

aus Israel

Kapitel zehn

Die Farne mit den lustigen Namen hatten das Beet an der Mauer rasch erobert und Eli war versöhnt. Die Blumenfrau hatte recht gehabt: Sie waren sehr hübsch, aber Elis Regenbogenbeet an der Terrasse, das war unübertrefflich! Die Studentenblumen deckten alle Farben von Rot über Orange bis zum strahlenden Gelb, die Rittersporne, die die Blumenfrau ausgesucht hatte, würden bald hellblau, tiefblau und lila blühen, und dazwischen wuchs rasant das Grün im Bogen: Frau Meyers selbstgezogene Tomaten. Es machte nichts, dass sie keine Blumen waren, denn wenn es stimmte, was die alte Dame behauptete, würden sie im Herbst rote, gelbe, gestreifte und violette Kugeln, Flaschen und Zapfen tragen und köstlich schmecken.

Bislang streuten sie außer ihrem Blättergrün zwar nur ein bisschen blasses Blütengelb in Elis bunten Reigen, doch hier und da waren schon kleine Früchte zu sehen. Und wo gab's schließlich einen Regenbogen, den man essen konnte?

Wann immer Eli dieser Tage in den Garten kam, führte ihr erster Weg zur Terrasse, außer an einem Mittag im frühen Juni. Sprachlos stand sie da und staunte: All das Gestrüpp mit seinen Dornenranken, das grüne Gewirr, das die Bäume und Sträucher durchwuchs, den Pavillon bedeckte, die Mauer und die Pergola unter sich begrub und über die Terrasse bis aufs Dach des alten Hauses hinaufwucherte, all das Hässliche und Stachlige, über das sie so oft geschimpft hatte, weil es die Blumen erstickte, weil sie sich die Hände daran aufriss und die Kleider, wenn sie nicht aufpasste, das alles war über Nacht zu einem vieltausendblättrigen Blütenmeer aus zartem Rosé und sattem Rosa, aus kräftigem Rot und strahlendem Weiß, aus Crème- und Sonnen-

aufgangsgelb geworden. Als hätte ein Maler die Farben von Sonne und Mond, Feuer und Schnee zu immer neuen Nuancen auf seiner Palette gemischt und so satt auf grünen Grund getupft, bis sogar Elis Regenbogenbeet nur mehr ein Klecks darin war. Und als Firnis hatte er einen süßen Duft mit einem Hauch frischgeriebener Zitrone darüber gelegt.

Selbst Nikodemus strahlte: Die Rosen blühten – der Sommer war da!

* * *

Seit Eli nicht mehr nur zum Schauen, sondern auch zum Arbeiten in den alten Garten kam, hatte sie immer öfter das Gefühl, dass diese lebendige grüne Welt nur darauf wartete, dass sie sich ihrer annahm, dass sie ganz und gar ihr gehörte, dass sie sie nach ihrem Willen formen konnte. Es war ein wunderbares Gefühl, und wenn Mama nicht mit ihr in diese öde Straße gezogen, wenn Paps nicht weggegangen wäre, hätte sie es nicht erfahren dürfen.

Und so half ihr Frau Meyers Garten, mit Paps sowas wie Frieden zu schließen. Nein, verzeihen konnte sie ihm den Verrat noch lange nicht, und an Katja würde sie sich bestimmt nie gewöhnen. Aber sie hatte nichts mehr dagegen, dass er sie wieder einmal in der Woche nachmittags von der Schule abholte, und sie gingen gemeinsam in den Zoo, ein Eis essen oder Pommes Frites im *Kleinen Krug*; allerdings nur, wenn Katja ihren freien Tag hatte.

Eli war nett zu Paps und Paps war nett zu ihr, aber es schien, als wäre zwischen ihnen eine Hecke gewachsen, die mit jedem neuen Blatt ein bisschen mehr die Sicht auf die schöne Zeit verdeckte, die sie zusammen gehabt hatten.

Früher hatte Eli die ganze Woche von den wenigen Stunden gezehrt, die sie mit ihm verbringen durfte, jetzt fand sie es nicht mehr schlimm, wenn er mal nicht kommen konnte. Sie ging dann eben in den Garten. Oder zu Emma.

Auch wenn Emma ein merkwürdiges Mädchen war und die anderen Kinder sie nicht leiden mochten, war das ja noch lange kein Grund, nicht mit ihr zusammen Hausaufgaben zu machen und das Praktische mit dem Angenehmen zu verbinden: Ihre Mutti kochte leckere Mittagessen und von Emmas Balkon konnte man zwar nicht in, aber prima auf den alten Garten schauen, und ganz besonders prima

konnte man von dort sehen, wie sich die Kirschen an den oberen Ästen rötlich färbten.

Tennisstunden brauchte Eli längst nicht mehr, denn Emma wusste, dass sie in den verbotenen Garten ging. Eli hatte sie überreden wollen mitzukommen, aber Emma traute sich nicht. Dafür half sie hin und wieder mit einer kleinen Notlüge aus, wenn Mama nach Eli suchte. Das rechnete Eli ihr hoch an, denn während sie selbst keinerlei Gewissensbisse hatte, wenn es um den Garten ging, kosteten die kreuzbrave Emma auch harmlose Flunkereien große Überwindung. Vielleicht war es das, was sie verband: dass es nichts Verbindendes zwischen ihnen gab. Und so saßen sie nach der Schule auf dem Balkon und jede erzählte, was sie dachte und fühlte, was sie sich wünschte, was sie gern mochte und gar nicht mochte, und weil die andere es nicht wirklich verstand, fingen sie irgendwann an, sich in die Haare zu kriegen.

„Also wirklich: Du hast einen ziemlichen Zahlenspleen."

„Also ganz wirklich: Du hast einen ziemlichen Gartenspleen."

„Du bist verrückt!"

„Wenn hier jemand verrückt ist, dann du."

„Bestimmt nicht!"

„Bestimmt doch."

„Nein!"

„Doch!"

Der Juni glänzte wie der Mai mit viel Sonne, und an einem besonders sonnenhimmelblauen Tag waren endlich die Kirschen reif! Allerdings nur die, die weit oben in der lichten Krone hingen. Verführerisch leuchteten sie zu Eli in den Garten herunter.

„Warte noch ein bisschen", riet Nikodemus. „Zwei, drei Tage, dann sind sie auch hier unten soweit, und du kannst bequem ernten."

Eli schüttelte den Kopf. Sie hatte lange genug gewartet! Beim dritten Anlauf schaffte sie es, den Stamm hinaufzukommen, und kurz darauf hockte sie stolz und glücklich in einer Astgabel, umringt von roten prallen Früchten. Sie zupfte ein Zwillingspärchen ab, teilte es und schob sich genüsslich die erste selbstgeerntete Kirsche ihres Lebens in den Mund. Wie süß und saftig sie war! Kein Wunder, dass Paps Kirschen geliebt hatte. Sie lutschte das Fruchtfleisch vom Kern und spuckte ihn in hohem Bogen zwischen den Zweigen hindurch in

den Himmel. Die zweite schmeckte noch besser, die dritte war ober-köstlich, und die vierte: unvergleichlich!

Eli pflückte, aß und spuckte, aß, pflückte und spuckte, und hörte erst auf, als ihr Magen rebellierte. Sie erntete eine letzte Handvoll für unterwegs, kletterte wieder nach unten und ließ sich neben Ni-kodemus ins Gras plumpsen. Sie hielt ihm eine Kirsche hin. „Hier. Probier mal."

„Nein, danke", wehrte er ab. „Ich warte, bis sie freiwillig kommen."

„Wenn sie von allein runterfallen, sind sie doch matschig! Und außerdem dauert es so lange."

Nikodemus betrachtete einen Trichterfarn. „Ich mag es, wenn's dauert. Dann kann ich das Warten aufs Freuen genießen."

Eli schüttelte den Kopf und ging zur Terrasse.

Frau Meyer freute sich ohne jedes Warten. Lächelnd nahm sie eine Kirsche aus Elis Hand und Eli vergaß ihren Magen und aß auch noch eine.

Die alte Dame kaute und schob den Kern von einer Backe in die andere, mit einem Gesichtsausdruck, wie ihn Ronja gehabt ha-ben musste, als sie beschloss, dass sie dringend üben müsse, sich zu hüten. „Wetten, dass ich weiterkomme als du?" Sie spuckte den Kirschkern über Rittersporn und Studentenblumen bis auf den Weg zum Teich.

Eli lachte, dass ihr die restlichen Kirschen aus der Hand kul-lerten. Gemeinsam sammelten sie sie wieder auf, und Eli spuckte ihren Kern ebenfalls über die Balustrade. Er landete in den To-maten.

Frau Meyer schaffte es, den zweiten Kern noch ein Stückchen wei-ter zu katapultieren. Eli tat es ihr nach. Wieder in die Tomaten. In Frau Meyers Fältchen saß der Schalk. „Weißt du, dass wir etwas sehr Nobles tun?"

„Nö." Beim dritten Versuch verfehlte Eli knapp den Beetrand.

Frau Meyer lag eindeutig vorn. „In früheren Zeiten waren Kirschen äußerst kostbar", sagte sie. „Nur reiche Leute konnten sich das teure Obst leisten. Und wenn sich, was vorkam, beim Nachtisch ungebetene Gäste unter die Runde mischten, bespuckten die vornehmen Damen und Herren sie mit den Kernen und Stielen, bis sie die Flucht ergriffen. Deshalb sagen wir noch heute: Mit dem ist nicht gut Kirschen essen."

Eli grinste. „Das musst du unbedingt Emma erzählen. Morgen bringe ich sie mit."

Frau Meyer sah sie ernst an. „Das würde ich nicht tun."

„Aber warum? Die Kirschen sind so lecker! Wenn Emma sie erst probiert hat, wird sie den Garten genauso mögen wie ich."

„Warum willst du unbedingt, dass sie den Garten mag?"

Eli überlegte. „Weil es schön ist, hierzusein. Und weil bestimmt alle Leute gern Kirschen essen!"

„Ah ja? Wie viele kennst du denn?"

„Sei doch froh, wenn Emma mitkommt", sagte Eli verschnupft. „Dann kannst du ihr nämlich sagen, dass sie sich irrt."

„Worin irrt sie denn?"

„Sie behauptet immer noch, dass du längst gestorben bist!"

„Und was würde es ändern, wenn sie herkäme?" Das war eine so dumme Frage, dass Eli es vorzog, nicht zu antworten.

„Schau mal in den Garten", sagte Eli anderntags, als sie mit Emma nach dem Mittagessen auf dem Balkon saß.

Emma sah zerstreut von ihrem Rechenheft auf. „Warum?"

„Die Kirschen sind reif."

„Mhm." Emma versenkte sich wieder in ihre Zahlen.

„Sie schmecken köstlich!"

„Es ist verboten, in den Garten zu gehen."

„Es ist wunderbar, in den Garten zu gehen! Was hältst du davon: Wir sagen Nikodemus guten Tag und ernten zum Nachtisch ein paar leckere Kirschen."

„Ich klettere nicht auf Bäume."

„Dann fahren wir eben rauf."

„Du spinnst."

„Und danach trinken wir mit Frau Meyer zusammen einen Erdbeer-Pfefferminztee."

„Frau Meyer ist tot."

„Ist sie nicht!"

„Ist sie doch!"

„Ist sie nicht. Komm mit, und ich beweise es dir."

„Wer ist Nikodemus?"

„Komm mit, und ich zeig's dir."

Emma legte das Heft beiseite und schraubte ihren Füller zu. „Also gut. Dann jetzt gleich."

Eli sprang auf und umarmte sie. „Du wirst begeistert sein!"

Kurz darauf schlichen sie über die Brache, auf der das Gras inzwischen genauso hoch stand wie im Garten. Eli passte auf, dass niemand sie beobachtete und ließ Emma vorgehen.

„Au!"

„Was ist denn?", fragte Eli.

„Ich hab mich gestochen! Hier sind ja überall Dornen!"

„Himmel! Kannst du nicht ein bisschen leiser sein?"

Hintereinander kletterten sie durch den Mauerspalt. Eli breitete stolz die Arme aus. „Ist das nicht herrlich?"

Emma schaute an sich hinunter. „Oh je! Meine schönen Strümpfe sind kaputt."

„Stell dich nicht so an!", sagte Eli genervt und ging zum Teich.

Emma folgte grummelnd. „Die haben aber viel Geld gekostet."

Eli hockte sich vor den Wurzelstumpf.

„Luigi – bist du da?" Nichts geschah. „Luigi, stolzes Schiff: Komm heraus!"

„Was tust du da?", fragte Emma.

„Ich möchte dir meinen Freund Luigi vorstellen. Er glaubt, dass er ein Schiff ist, aber eigentlich ist er eine Eisenbahn und winzig klein, und er wohnt unter der Wurzel."

„Willst du mich auf den Arm nehmen?"

„Nein!"

Doch sooft Eli auch rief, Luigi ließ sich nicht blicken. Vielleicht lag es daran, dass heute der Bach gar nicht plätscherte? Eli stand auf. „Stell dir vor, ich bin mit ihm durch ein Kirschbaumblatt zum Regenbogen gefahren!"

„Aha", meinte Emma. Das klang, als hätte es die rotbebrillte Ärztin gesagt.

„Na gut. Besuchen wir halt Nikodemus", entschied Eli.

Sie gingen in Richtung Kirschbaum.

„Aua!", sagte Emma.

„Was ist denn nun schon wieder?"

„Hier sind ja lauter Brenn-Nesseln! Also ehrlich, Eli: Das ist kein Garten, das ist eine Wildei! Und ich weiß nicht, was du so toll daran

findest. Komm, lass uns zurückgehen. Wir müssen die Hausaufgaben fertig machen."

„Für die dummen Hausaufgaben ist nachher noch Zeit genug!" Wütend stapfte Eli voraus, aber als sie zum Kirschbaum kam, war ihr Ärger vergessen. Nikodemus lehnte am Stamm; er hatte die Augen geschlossen, die Beine übereinandergeschlagen, die Hände im Schoß gefaltet und seine Mütze hing schief.

Eli blieb grinsend vor ihm stehen. „Nikodemus, wach auf! Ich möchte dir Emma vorstellen."

Emma sah Eli entgeistert an. „Du willst mir jetzt nicht erzählen, dass du dich mit diesem hässlichen Steinzwerg unterhältst?"

„Nikodemus ist ein Troll!", sagte Eli entrüstet. „Und er ist extra von Schweden hierhergezogen, und er kann auf ganz viele komplizierte Fragen ganz viele kluge Antworten geben." Das war zwar nicht so ganz richtig, aber irgendwas musste Eli schließlich sagen, um ihren Freund zu verteidigen. Andererseits: Warum verteidigte er sich nicht selbst? Warum saß er da wie in Stein gemeißelt und sagte keinen Mucks?

Emma verschränkte die Arme vor der Brust. „Also wirklich: Das wird mir langsam zu dumm."

Eli zeigte in den Kirschbaum. „Ich geh ernten. Kommst du mit?"

„Ich hab's dir doch gesagt: Ich klettere nicht auf Bäume! Außerdem schaffe ich es sowieso nicht da rauf." Da hatte sie ausnahmsweise recht, so ungelenk, wie sie war.

„Ich pflücke welche für dich mit", meinte Eli gönnerhaft.

Diesmal brauchte sie nur einen Anlauf und auch das Klettern ging flotter vonstatten als gestern.

„Mensch, pass auf! Du fällst runter!", rief Emma ängstlich.

„Ach was", rief Eli zurück und warf ein paar Kirschen ins Gras. Emma hob eine auf, begutachtete sie argwöhnisch und pulte sie auseinander.

„Was machst du denn da?", fragte Eli verwundert.

„Ich schaue nach, ob … Iiiih!" Angewidert ließ Emma die Kirsche fallen. Sie landete auf Nikodemus' Kopf, aber nicht mal das schien ihn zu stören.

„Igittigitt", kreischte sie. „Da sind eklige Maden drin!"

Eli kletterte wieder nach unten. „Sei still! Mit deinem Geschrei hetzt du uns noch die ganze Straße auf den Hals! Außerdem ist das

Quatsch, was du sagst. Ich hab schon mindestens einen Eimervoll gegessen und da war rein gar nix drin."

„Dann guck doch selber!"

Eli holte eine Kirsche aus ihrer Hosentasche und machte sie mit den Fingern auf.

„Na? Hab ich recht?", fragte Emma.

„Nö." Tapfer steckte Eli die Kirsche in den Mund und schluckte sie samt Kern hinunter. „Und jetzt gehen wir zu Frau Meyer."

Sie folgten dem Pfad zum Haus und stiegen die morsche Treppe zur Terrasse hinauf. Die Verandatür war verschlossen, der Schaukelstuhl verwaist.

„Hier soll Frau Meyer wohnen?", fragte Emma ungläubig.

Eli schüttelte den Kopf. „Sie ist bloß zu Besuch." Sie rüttelte an der Tür. „Na gut. Versuchen wir es halt hintenherum."

„Eli, bitte! Siehst du denn nicht, dass das Haus unbewohnt ist? Drinnen ist bestimmt alles schmutzig!"

„Ich habe gestern mit Frau Meyer hier gesessen und Kirschen gegessen. Und Pfefferminztee getrunken!"

„Ja, ja. Du bist auch mit einer Eisenbahn, die ein Schiff ist, in den Himmel gefahren und redest mit einer ollen Steinfigur." Eli konnte nicht verhindern, dass ihr Tränen in die Augen schossen. Sie ließ Emma stehen und lief davon.

Warum hatte sie die dumme Gans bloß mitgenommen? Wie hatte sie sich einbilden können, dass sie kapieren würde, was sie in diesem Garten erlebte und fühlte?

Erst hinter der Mauer holte Emma sie ein. „Sei mir nicht böse. Das hört sich eben alles ein bisschen seltsam an, was du da sagst." Eli wollte aufbrausen, aber Emma fasste ihre Hände. „Es ist mir piepschnurzegal, ob du mit Steinen sprichst oder zum Regenbogen fährst. Hauptsache, wir sind Freundinnen."

Das klang so treuherzig, dass Elis Zorn verrauchte. Es war ja wirklich kaum zu glauben, was ihr in dem alten Garten alles widerfuhr, und eigentlich musste sie nicht auf Emma, sondern auf Nikodemus, Luigi und Frau Meyer wütend sein.

„Lass uns zurück auf den Balkon gehen", sagte Emma. „Ich zeige dir, wie die Rechenaufgabe funktioniert, und meine Mutti kocht uns einen leckeren Pfefferminztee." Eli nickte. Es war sinnlos, Emma zu erklären,

dass der selbstgepflückte Tee aus Frau Meyers Garten hundertmal besser schmeckte als das fade Zeug, das man im Laden kaufen konnte.

Am folgenden Tag führte Elis Weg nach der Schule direkt in den Garten. Nikodemus lümmelte in den Trichterfarnen und betrachtete den Himmel.

Eli baute sich vor ihm auf. „Warum hast du gestern nicht mit mir gesprochen?"

„Hätte ich sollen?", fragte er.

„Ich wollte dir meine Freundin Emma vorstellen. Und was tust du? Sitzt da wie eine Steinfigur!"

„Ich bin eine Steinfigur."

„Aber du redest mit mir! Warum redest du nicht mit ihr?"

„Warum ist dir das wichtig, dass ich mit ihr rede?"

„Weil sie glaubt, dass ich mir dich nur einbilde."

„Was ist schlimm daran, wenn sie das glaubt?"

„Alle habt ihr mich im Stich gelassen! Luigi war nicht da, Frau Meyer war nicht da, und du sagst kein Wort!"

„Ich unterhalte mich gerade mit dir."

Eli gab es auf. Sie ging zum Teich und rief nach Luigi.

„Trillala, Trupsassa", tönte es aus der Tiefe der Wurzel, und schon tuckerte die kleine Eisenbahn wölkchenausstoßend über das Moos.

„Hallo, Eli! Steig ein und lass uns in den Himmel fahren."

„Heute bist du da!", sagte Eli aufgebracht. „Und gestern, wo ich dich gebraucht hätte ..."

„Du hast mich gebraucht?" Das klang gebauchpinselt.

„Ich wollte dich meiner Freundin Emma vorstellen."

„Warum?"

„Ich will, dass sie sieht, dass es dich gibt."

„Warum?"

Immer diese schreckliche Warum-Fragerei! „Weil sie glaubt, ich bilde mir dich nur ein."

„Ist das denn wichtig, ob sie das glaubt oder nicht?"

„Ja."

„Warum?"

„Darum!"

„Du willst also nicht mit mir in den Himmel fahren?"

„Nein!"

Wütend stapfte Eli zur Terrasse.

Frau Meyer saß in ihrem Schaukelstuhl und trank Pfefferminz-tee mit Erdbeergeschmack. Eli roch es genau, aber sie war bestimmt nicht zum Teetrinken gekommen!

„Wo warst du gestern?"

„Gestern?", wiederholte die alte Dame erstaunt. „Na, hier."

„Das ist gelogen! Ich war nämlich mit Emma da und nirgends war auch nur irgendwer. Und jetzt glaubt sie, dass ich spinne!"

„Ja – und?"

„Ich will aber nicht, dass sie glaubt, dass ich spinne."

„Tust du es denn? Spinnen, meine ich."

„Natürlich nicht!"

„Und was ist schlimm daran, dass sie glaubt, du spinnst, wenn du es gar nicht tust?"

Eli hatte das Gefühl, sie legte gerade zum dritten Mal die gleiche Kassette in ihren Rekorder. „Ich will, dass sie endlich einsieht, dass ich recht habe!"

„Warum?"

„Könnt ihr hier nichts anderes fragen?"

Frau Meyer stellte ihr eine Tasse hin und goss Tee ein „Warum hast du sie hergebracht, wenn du Angst hattest, dass sie dir nicht glaubt?"

Eli probierte einen Schluck. Es war schwer, zornig zu sein, wenn man etwas so Köstliches trank. „Es macht mir halt viel Spaß, mit dir, Nikodemus und Luigi zusammenzusein, und ich wollte, dass Emma das sieht und ... Ich verstehe einfach nicht, warum ihr der Garten nicht gefällt!"

„Hast du mal darüber nachgedacht, dass ein Garten wie dieser viel-leicht nicht für jeden spaßig ist?"

„Na ja, sie hat sich die Strümpfe zerrissen. Und sich an den Brenn-Nesseln verbrannt."

„Immerhin weißt du jetzt, dass dein Garten nicht ihr Garten ist."

„Das wusste ich schon vorher."

„Kennst du ihren Garten denn?"

Eli lachte. „Emma hat überhaupt keinen Garten! Nicht die klitze-kleinste Blume gibt's bei ihr im Zimmer oder auf dem Balkon. Nicht mal ein paar Kaktusse."

„Kakteen", verbesserte Frau Meyer.

„Meine Oma Augusta hat welche und die gießt sie nur, wenn sie zufällig nicht auf Weltreise ist. Sie sagt, dass sie trotzdem wachsen, aber ich glaube, bei Emma wären die auch schnell hin. Es hat keinen Sinn, sie noch mal mitzubringen, oder?"

Frau Meyer zuckte die Schultern. „Was hat sie denn gesagt?"

Eli merkte, wie der Zorn zurückkam. „Sie hat gesagt, dass das kein Garten, sondern eine Wildei ist!"

Frau Meyers Fältchen auf der Stirn kreuzten sich beim Lächeln. „Das ist er doch auch. Denk nur daran, wie du dich über das Dornengestrüpp aufgeregt hast, bevor du wusstest, dass es Rosen sind."

Sie schenkte Eli Tee nach. „Ich glaube schon, dass deine Emma einen Garten hat; jeder Mensch hat einen. Sie sehen bloß alle unterschiedlich aus, und die kostbarsten Blumen darin machen nicht die Besucher, sondern zuerst den Gärtner glücklich. Es ist aber nicht einfach, sie zu finden, und wenn sie gefunden sind, ist es noch viel weniger einfach, sich um sie zu kümmern, dass sie gut gedeihen."

Eli dachte an Mimi und nickte.

„Doch wie sehr ein Gärtner sich auch kümmern und anstrengen mag, er kann seinen Blumen nicht befehlen zu blühen. Das müssen sie von allein tun. Deshalb sieht sein Garten womöglich nicht so schön und vollkommen aus, wie er ihn geplant hat, wie er ihn sich erhofft und ersehnt. Aber ihm bleibt die Gewissheit: Wenn die richtigen Blumen darin wachsen, werden sie eines Tages blühen."

Eli verstand nicht wirklich, was Frau Meyer meinte. „Emma sagt, dass sie meine Freundin sein will."

Die Fältchen kreuzten sich wieder.

„Es ist leicht, jemandes Freund zu sein, wenn der Jemand tolle Sachen macht oder Fantastisches zu bieten hat, sprechende Trolle zum Beispiel oder eine Eisenbahn, die in den Himmel fahren kann. Was glaubst du wohl, wie viele Bewunderer du hättest, wenn die Leute das wüssten! Wie viele herkommen und den Garten zertrampeln würden, nur um die Wunder zu sehen? Aber für deine Emma ist das alles nicht wichtig. Sie mag den Garten nicht und sie glaubt, dass du spinnst. Trotzdem will sie deine Freundin sein. Ich finde, ihr Besuch hat sich gelohnt."

Kapitel elf

Am Samstag kam Oma Augusta zu Besuch. Sie brachte einen Koffer mit und sagte, sie könne nicht lange bleiben, aber lange genug, um Mama zu sagen, dass sie froh sein solle, Paps endlich loszusein, weil man Männern sowieso nicht trauen könne, und überhaupt: Sie solle das Leben genießen und nicht immer so miesepetrig aus der Wäsche schauen. Woraufhin Mama ziemlich böse wurde, und dann zankten sie sich, wie sie es immer machten, wenn sie sich trafen.

Den Nachmittag verbrachte Eli bei Emma auf dem Balkon und überlegte, welche Art Garten ihre Freundin wohl haben mochte. Falls Frau Meyer überhaupt recht hatte. Als die Hausaufgaben für Montag gemacht waren und Emma anfing, Zahlengeschichten zu erzählen, ergriff Eli die Flucht.

Die Sonne tauchte den alten Garten in goldenes Licht und überall zwischen den Rosen dufteten Lavendel und Thymian. Frau Meyer hatte Tee gekocht, und Eli ließ ihn sich schmecken. Danach legte sie sich zu Nikodemus unter den Kirschbaum und durch die lichte Krone schauten sie den Wolken zu, wie sie sich ballten und wieder voneinander lösten, wie sie schwebten, tanzten und lustige und seltsame Gesichter malten, für Sekunden und Minuten und in der Erinnerung für die Ewigkeit.

Später kam Luigi vorbei und setzte seine witzigen Wölkchen dazu, und noch später segelte Eli mit ihm in den abendlichen Himmel hinauf, und Frau Meyers Haus wurde ein Puppenhaus und der Garten zum Puppengarten, in dem Emma mit Oma Marias Zinkkanne alle Büsche und Bäume goss. Aber statt Blättern und Blüten wuchsen überall Ziffern und Zahlen heraus, und sie wucherten zu einem

Gestrüpp aus komplizierten Rechenaufgaben, in dem sich Luigi mit seinem Waggon verhedderte. Eli öffnete das Fenster und schaute hinaus. Durch eine dicke Null sah sie den blassen Mond und blinkende Sterne, und auf einem riesigen Regenbogen blühten rote Kakteen in Dreierreihen.

Als Eli nach Hause kam, hatte Oma Augusta den Koffer ausgepackt und schwieg sich mit Mama auf dem Wohnzimmersofa an.

Eli hockte sich in einen Sessel. „Sag mal, Oma: Du bist doch überall in der Welt herumgereist, oder?"

Sie nickte.

„Da hast du sicher ganz viele seltsame Dinge gesehen?"

„Ja. Warum?"

„Meinst du, es gibt irgendwas, das fliegen kann und das keine Rakete und kein Ballon oder Flugzeug ist?"

„Ein Vogel", sagte Mama.

Oma Augusta lachte. „Du meinst ein Luftschiff?"

Eli strahlte. „Luftschiffe gibt's also wirklich?"

„Ja, sicher. Früher, als ich noch ein Kind war, gab es sogar sehr viele. Heute sind sie selten geworden und sie fahren nur noch hin und wieder zum reinen Vergnügen der Leute."

„Und du flunkerst mich bestimmt nicht an?"

„Aber nein!"

Eli gab ihr einen dicken Kuss auf die Backe. „Danke!"

Oma Augusta sah gerührt aus und Mama lächelte, und das hatte sie noch nie getan, wenn Oma Augusta zu Besuch war.

„Wie hast du es geschafft, so lange verheiratet zu bleiben?", fragte Eli Frau Meyer, als sie das nächste Mal in den Garten kam.

Die alte Dame schmunzelte. „Geschafft? Es war herrlich, mit Otto verheiratet zu sein! Jeden Tag ein bisschen mehr."

„Wolltet ihr euch denn niemals trennen?"

„Ach wo. Er liebte mich und seine Eisenbahn. Und ich liebte ihn und meinen Garten."

„Habt ihr euch nie gezankt?"

„Doch. Als er seine hässliche Eisenbahn in meinem schönen Garten aufbauen wollte."

„Und was hast du gemacht?"

„Ihm ein Stückchen Rasen abgetreten. Den musste er sowieso immer mähen.“

„Eine Eisenbahn gehört nicht in einen Garten!“

Frau Meyer lächelte. „Die Eisenbahn war sein Garten. Und ich habe mich nicht nur an das komische Ding gewöhnt, sondern es hat mir nach einer Weile sogar richtig gut gefallen. Wer hatte schon einen Rasen mit Schienen und Bergen und Häusern darauf, über den eine Eisenbahn ratterte, die Rudi hieß? Irgendwann fing Otto an, sich auch für meine Hälfte des Gartens zu interessieren. Wir gruben den Teich aus, pflanzten Buchs um die Beete und Rosen an Pavillon und Pergola.“ Sie wurde ernst. „Dann ist er krank geworden und gestorben, und der Garten war zu groß für mich allein.“

„Aber die Eisenbahn ist dageblieben“, sagte Eli.

„Ja. Leider sieht man sie vor lauter Brenn-Nesseln nicht mehr.“

Frau Meyer servierte den Nachmittagstee diesmal mit einem Hauch von Bananen und Ingwer.

Nachdem Eli ihn getrunken hatte, schaute sie nach ihren Blumen und den Tomaten. Die Kugeln, Zapfen und Fläschchen hingen schon, nur die Farben fehlten noch. Sie rupfte ein wenig Unkraut heraus und besuchte Nikodemus.

„Was machst du gerade?“

„Nichts.“

„Warum gehst du eigentlich nicht mal weg von deinem Platz?“

„Warum sollte ich?“

„Aber du schaust immer in dieselbe Richtung!“

„Es zählt nicht, wohin ich sehe, sondern was ich sehe.“

„Willst du denn gar nicht wissen, was hinter der Mauer ist?“

„Warum sollte ich das wissen wollen?“

„Wie willst du die Welt verstehen, wenn du den lieben langen Tag herumsitzt und nichts tust?“

„Wozu muss ich die Welt verstehen?“ Er zwinkerte ihr zu. „Ich geb's ja zu: Meine Art zu leben wäre vielleicht für den einen oder anderen nicht so ganz ideal, aber für mich ist es, wie es ist, gerade recht.“

Das glaubte Eli gern. Zufrieden war sie mit der Antwort trotzdem nicht. „Du sagst, die Richtung ist egal?“

„Nun ja, meistens schaue ich am liebsten nach oben."

Eli musste lachen. „Und da oben siehst du die dicken Kirschen und wartest, damit du dich freuen kannst, bis sie runterfallen."

„Genau. Ich sage Danke und esse sie gemütlich auf."

„Du bedankst dich, wenn dir eine matschige Kirsche auf den Kopf fällt?", rief Eli belustigt.

„Ich bedanke mich, weil der Kirschbaum so freundlich ist, sie mir zu schenken. Wer weiß, wie lange er das noch kann."

„Warum?"

„Der Baum ist alt. Alte Bäume sterben."

Eli dachte an das üppige Blütenkleid im Frühling, an die prallen Knospen, aus denen unzählige Blätter gewachsen waren, an die vielen leckeren Früchte, die sie geerntet hatte, und sie sah die vielen, die noch in den Zweigen hingen. „Du lügst."

„Jeder stirbt irgendwann."

„Das weiß ich auch!"

Allerdings hatte Eli noch nie richtig darüber nachgedacht, was das war: Sterben. Oma Maria hatte immer im Garten gearbeitet, Blumen und Gemüse gesetzt, Unkraut gejätet, Beeren gepflückt, Marmelade gekocht – aber eines Tages war sie nicht mehr da gewesen. Das heißt, sie war schon noch da, doch sie lag blass und stumm in ihrem Bett, hatte ein weißes Spitzennachthemd an und ihre Hände gefaltet. Und ein blaues Tuch ums Kinn gebunden, was ulkig aussah. Dann war sie auch aus dem Bett fort gewesen, und alle hatten dem Pfarrer zugehört, und auf dem kalten Friedhof hatte Eli schrecklich gefroren und sich gefragt, was das Loch im Boden mit Oma Marias neuem Zuhause im Himmel zu tun hatte.

Eli hatte dem Lieben Gott versprochen, dass sie ein ganzes Jahr lang jeden Tag ein Glas Johannisbeersaft trinken würde, wenn er Oma Maria zurückschickte, aber das war dem Lieben Gott als Opfer wohl zu mickrig gewesen.

Eli hatte Zweifel, ob es stimmte, was alle sagten: Wenn Oma Maria und die anderen, die gestorben waren, tatsächlich im Himmel wohnten und wenn es einen himmlischen Garten gab, wie Paps behauptete, warum hatte sie auf den Fahrten mit Luigi nie etwas davon bemerkt? Auch wenn sie mit Nikodemus zusammen in die Wolken sah, deutete nicht die kleinste Kleinigkeit darauf hin, dass dort oben

jemand wohnte, außer die Sonne, der Mond und die Sterne. Und der Regenbogen natürlich. Na ja, vielleicht noch der Wind, wenn er nicht im Turm der Winde war, und im Winter der Schnee, wenn er nicht gerade auf die Erde fiel und den Schneeglöckchen ein bisschen Farbe vorbeibrachte.

Nicht mal Opa Friedhelm konnte Oma Maria Gesellschaft leisten, denn der war im Krieg geblieben, was immer das heißen mochte. Und wenn Bäume starben: Wuchsen sie im himmlischen Garten weiter, falls es ihn doch irgendwo gab? Aber wie sollten sie da hinaufkommen?

„Du kannst gar nicht wissen, dass der Baum stirbt, weil du nur die Hälfte siehst!", sagte Eli.

Nikodemus gähnte herzhaft. „Vielleicht weiß ich es ja genau darum: Weil ich die Hälfte sehe, auf die es ankommt."

Eli spürte, wie in ihrem Hals der schlimme Kloß wuchs. „Du weißt es nicht. Du glaubst bloß, dass du es weißt!"

Es war ein kläglicher Versuch, das Ungeheuerliche ungesagt zu machen. „Außerdem: Was machst du denn, wenn du keinen Stamm zum Anlehnen mehr hast?"

Der Troll rückte seine Zipfelmütze gerade.

„Erstens weiß ich gar nicht, ob ich noch da bin, wenn der Stamm nicht mehr da ist. Zweitens geht es mir gut. Ich habe eine herrliche Zeit. Warum sollte ich sie mir vermiesen, indem ich darüber nachdenke, was sein könnte, wenn sie nicht mehr herrlich wäre? Zumal ich es sowieso nicht ändern kann. Womöglich ist am Ende zwar alles anders, aber bloß anders herrlich, und dann hätte ich mir ganz umsonst Gedanken gemacht und unnötig kostbare Stunden vertan."

„Das ist doch keine vernünftige Antwort!"

„Muss es auf jede Frage eine vernünftige Antwort geben?"

„Wann wird der Kirschbaum sterben?"

„Keine Ahnung."

„Wenn du weißt, dass er stirbt, weißt du auch, wann!"

„Die Blumen sterben jedes Jahr."

„Das ist was anderes."

„Warum?"

Eli kämpfte gegen den Kloß. „Weil ... Du bist doof!" Bevor er etwas erwidern konnte, lief sie davon.

Frau Meyer hatte das Teegeschirr abgeräumt und las in einem dicken Buch. Außer Atem ließ Eli sich in einen Korbstuhl fallen. „Kannst du mir sagen, wie das ist, wenn man stirbt?"

„Warum willst du das wissen?", fragte die alte Dame erstaunt.

„Nikodemus behauptet, dass der Kirschbaum stirbt. Paps sagt aber, Bäume leben ganz lange."

„Das kommt auf den Baum an. Eine Buche kann dreihundert, eine Eiche sogar mehr als tausend Jahre alt werden. Bäume, die wie die Kirsche über viele Jahre hinweg Früchte tragen, leben längst nicht so lange. Außerdem können Bäume, genau wie die Menschen, krank werden und früher sterben."

„Aber er sieht so lebendig aus!"

Frau Meyer legte das Buch weg und sie gingen zusammen zum Kirschbaum. Eli blieb vor dem Stamm stehen, dass Nikodemus sie nicht sehen konnte. Frau Meyer wies in die lichte Krone. „Dort löst sich die Rinde ab. Und das Glänzende nebendran ist ausgetretenes Harz. Man sagt: Der Baum blutet."

Ja, Eli sah es. Und wenn sie genau hinschaute, sah sie noch mehr: kahle Zweige zwischen grünem Laub und roten Kirschen. Weit oben ragte sogar ein großer Ast in den Himmel, an dem kein einziges Blatt mehr hing. Warum war ihr das vorher nie aufgefallen?

„Wie lange wird er denn noch leben?", fragte sie traurig.

Frau Meyer zuckte die Schultern. „Schon seit Jahren trägt er immer weniger Blätter, Blüten und Früchte. Auch neues Holz wächst kaum mehr nach. Aber noch ist er ja da."

Eli nickte, aber der Kloß verschwand nicht. Ganz gleich, wie viele Jahre der alte Baum noch überstehen würde: Nie wieder würde sie bei seinem Anblick diese unbändige Freude fühlen. Von nun an würde stets ein bisschen Wehmut dabei sein, ein Hauch Herbst, obwohl es Sommer war. Sie suchte Trost am Teich, und als sie den lustigen Luigi mit seinem rostigen roten Winzwaggon über die Wurzel rumpeln sah, fühlte sie sich gleich besser.

„Ich bin auf dem Weg in den Himmel. Kommst du mit?", fragte er und ließ die Tür aufspringen.

Eli nickte, stieg ein und setzte sich ans Fenster. Sie zog die Vorhänge zurück, und wie immer war alles Kleine plötzlich groß: Grashalme wogten im Wind wie Schilf, die Gänseblümchen waren Riesenmar-

geriten und die Blüten der Rittersporne sattblaue Suppenteller mit einem Klacks Sahne darin. Ungeniert ruckelte Luigi über die orangeroten Zottelköpfe der Studentenblumen und blieb beinahe in einem roséroten Teppich aus verblühten Rosenblättern stecken. Im Slalom zockelte er um dolchgroße Dornen einer schier endlosen Brombeerranke und nahm Kurs auf den Kirschbaum. Da wollte Eli jetzt bestimmt nicht hin! Aber sosehr sie auch winkte und rief, Luigi setzte die Fahrt unbeirrt fort.

„Ist was?", fragte er, als sie den Baum erreichten, zum Glück auf der von Nikodemus abgewandten Seite.

„Ich weiß nicht, ob ich heute dort hinauf will", sagte Eli.

„Ich dachte, du magst den alten Recken?"

„Nikodemus und Frau Meyer sagen, dass er bald stirbt."

Luigi ließ ein Gute-Laune-Wölkchen ab. „Kokolores! Wer solch einen dicken Stamm hat, stirbt nicht so schnell." Er fuhr in den Efeu und kurvte nach oben. „Weißt du, dass viele Tiere, die hier leben, nicht hier leben würden, wenn es ein junger Baum wäre? Guck, wie lebendig es überall ist!"

Tatsächlich: Da krabbelten riesige Käfer und ebensolche Spinnen und bombastische Ameisen trommelten auf balldicken Blattläusen herum. Eli sah ein verlassenes Amselnest, groß wie ein Heuschober. Und eine Libelle, so majestätisch und schillernd schön, als hätte sie die Farben vom Regenbogen getrunken. Sie hielten an der Stelle, auf die Frau Meyer vorhin gezeigt hatte.

Funkelnd und fest klebte das Harz an der gesprungenen Rinde.

„Baumgold", meinte Luigi.

„Frau Meyer sagt, der Baum blutet", entgegnete Eli.

Luigi lachte. „Sieht das etwa wie Blut aus?"

Eli schüttelte den Kopf. Die Farbe erinnerte sie an Honig und an die kostbare Kette, die Paps Mama geschenkt hatte, als sie noch gemeinsam Weihnachten gefeiert hatten. Bernstein, hatte er dazu gesagt.

Luigi zeigte auf blaugrüne flunderplatte Rosetten, die überall auf der Rinde wuchsen. „Und das sind Kirschbaum-Wundersterne."

Jetzt lachte auch Eli, denn sie wusste genau, dass das Flechten waren, und dass sie auf der Rinde von alten Bäumen wuchsen. Das hatte ihr Paps erklärt und in ihrem schlauen Buch stand es auch. Aber sie hatte nicht gewusst, wie hübsch sie waren. Luigi fuhr weiter, und der Geruch

nach Harz und warmem Holz begleitete sie. Schließlich erreichten sie den kahlen Ast. Luigi ließ gleich zwei Wölkchen auf einmal ab.

„Ist das nicht eine herrliche Aussicht?"

„Der Ast ist abgestorben", sagte Eli.

„Wenn Blätter dran wären, könnten wir nichts sehen. Schau doch, die vielen Wundersterne!"

„Das sind Flechten."

Eli glaubte, ein Seufzen zu hören. Aber seit wann gab es seufzende Eisenbahnen? Sie entdeckte etwas Helles in den Efeuranken, und Luigi fuhr näher heran.

„Ach!", sagte er erfreut. „Hier sind also ihre Häuser."

„Das sind keine Häuser, sondern Pilze", belehrte ihn Eli. Die kannte sie besonders gut, weil Paps sie ihr bei einem Raubzug durch den Mattiswald gezeigt und betont hatte, dass sie nur auf kranken oder schon toten Bäumen wuchsen.

„Du weißt nicht, wo die Elfen wohnen?", fragte Luigi.

„Was denn für Elfen?"

„Willst du wirklich behaupten, dass du nachts durch den Garten rennst und rein gar nichts hörst und nichts siehst und sie nicht wenigstens ein bisschen spürst?"

„Ich renne nachts nicht durch den Garten."

„Liebe Zeit – dir entgeht das halbe Leben! Das da sind jedenfalls die Häuser der Elfen und darum wird der Baum auch gewiss nicht sterben. Weil er nämlich ein Elfen-Efeubaum ist."

„Aber ...“

„Ich schwör's dir dreimal hoch und heilig bei meiner Luftschiff-Segelseele!"

Eli musste schon wieder lachen, und Luigi ließ sein drolliges Tuten hören, und dann fuhren sie mitten in den gelborangerotvioletten Sonnenuntergangshimmel hinein.

Es war schon dunkel, als sie in den Garten zurückkamen. Der Teich war ein schwarzes Meer, der Bach ein reißender Strom und der Pavillon ein tempelgroßer Scherenschnitt. Es krischelte und kraschelte, es rischelte und raschelte, und das Quaken der Frösche war Moll, das Zirpen der Zikaden Dur im Orchester der Nacht. Plötzlich fuhr ein dissonantes Schnaufen dazwischen.

„Ach, je", sagte Luigi. „Die Igel."

„Die Igel?", fragte Eli verblüfft. „Das klingt ja wie Maurer beim Steineschleppen, jedenfalls, als strengten sie sich besonders doll an."

„Fürwahr: Das tun sie." Luigi klang belustigt. Falls rostige Eisenbahnen, die in Wahrheit Luftsegelschiffe waren, überhaupt belustigt klingen konnten.

Sie fuhren weiter. Der Wind säuselte im Bambus, und die Nacht machte ein neues Lied daraus.

„Ich bin gern nachts unterwegs", sagte Luigi.

„Als Schiff?", fragte Eli.

„Na ja, ab und zu ist es ganz praktisch sich einzubilden, eine Eisenbahn zu sein."

„Soso." Eli konnte sich das Lachen nur knapp verkneifen. Ein zarter Duft stieg ihr in die Nase. „Wo kommt das her?"

„Es gibt Blüten, die kannst du nur im Dunkeln riechen", sagte Luigi. „Genau wie das Parfum der Elfen. Wenn du ganz still bist, wirst du sie tanzen sehen."

„Tanzen sehen? Die Elfen? Ich?"

„Ja. Aber wir müssen sehr, sehr leise sein."

Eine schweinegroße Maus kreuzte fiepend ihren Weg und vor Schreck wären sie beinahe mit einer salatschüsselgroßen Weinbergschnecke zusammengestoßen. Auf einem krümeligen Erdberg ringelte sich ein riesiger rosiger Regenwurm und um den alten Flieder zogen mannsgroße Fledermäuse lautlose Runden.

„Ich dachte, um die Uhrzeit schlafen alle", sagte Eli.

„Es sind nicht alle wie du", entgegnete Luigi.

Das hätte glatt von Nikodemus stammen können. Der Gedanke belustigte Eli. Wie dumm sie war, auf einen trägen Steintroll böse zu sein! Der Kirschbaum lebte, und es war Sommer.

„Na gut. Lass uns nachschauen, ob deine Elfen zu Hause sind."

Aber wo immer sie waren, in dieser Nacht sah Eli die Elfen nicht.

Kapitel zwölf

„Eli! Aufwachen!", rief Mama von der Tür, und ausnahmsweise musste sie es nicht zweimal sagen. Eli sprang aus dem Bett und lief zum Fenster. Als sie den leeren Platz sah, an dem Mimi gestanden hatte, wurde sie traurig. Doch dann schaute sie in den Himmel und ihre gute Laune kehrte zurück: ein sonniger Sommermorgen und endlich der letzte Schultag!

Elis Zeugnis war nicht besonders gut und nicht besonders schlecht, aber sie hatte sowieso anderes im Kopf als Noten. Emma wurde als Klassenbeste gelobt. Obwohl das ja nichts Neues war, bekam sie glänzende Augen hinter ihrer Brille und rote Backen vor Freude.

„Streberin", zischte ein Mädchen, als Emma an ihr vorbeiging.

„Lass sie gefälligst in Ruhe!", sagte Eli.

Das Mädchen lachte verächtlich. „Du hältst zu dieser langweiligen Dummtrine?"

„Ja, tu ich. Sie ist nämlich meine Freundin, dass du es nur weißt!" Eli sagte es so laut, dass alle anderen es hören konnten. Sie hakte Emma unter und stolzierte mit ihr aus der Klasse.

„Der haben wir es gezeigt, was?", sagte sie auf dem Heimweg.

Emma blieb stehen und sah sie zweifelnd an. „Wir sind wirklich richtige Freundinnen? Auch wenn wir uns zanken?"

Eli grinste. „Klar."

Emma bekam schon wieder glänzende Augen. „Das ist ja noch viel schöner als mein Zeugnis!"

Eli fühlte sich plötzlich leicht und beschwingt. Sie nahm Emma bei der Hand, und sie hüpften und sangen und blödelten herum, bis sie in ihre Straße kamen. Am Laden der Blumenfrau hing ein rotes Schild. *Geschlossen!*

„*Wegen Geschäftsaufgabe*", las Emma den Rest.

Das konnte nicht sein!

Eli klopfte an die Tür und versuchte, durch die verklebte Scheibe nach innen zu schauen.

„Da ist niemand mehr", sagte Emma. „Komm."

Eli klopfte weiter. Sie hörten Schritte, dann wurde die Tür aufgeschlossen. Die Blumenfrau hatte eine blaue Bluse an und saubere Hände. Sie begrüßte sie lächelnd.

„Warum hast du deinen Laden zugemacht?", fragte Eli.

„Es kommen nicht mehr genug Leute."

„Aber du hast doch so schöne Blumen!"

„In der Stadt sind die Preise günstiger."

„Dann mach deine Preise auch günstiger!"

„Mein Laden ist zu klein."

„Dann mach ihn doch größer!"

„So einfach ist das nicht."

„Und wo soll ich jetzt die Blumen für mein Regenbogenbeet herbekommen?"

„Hast du mir nicht erzählt, dass das längst fertig ist?"

„Ja, schon. Aber ich will bestimmt bald noch eins anlegen."

Die Blumenfrau schmunzelte. „Na, dann komm mal mit. Ich habe was Schönes für dich. Und für deine Freundin auch, wenn sie mag."

Bei dem Wort Freundin wurden Emmas Wangen feuerrot. Sie folgten der Blumenfrau in den leeren Laden. Sie bat sie zu warten, ging nach nebenan und kam mit zwei Blumentöpfchen zurück, das eine weiß, das andere rot. In dem weißen blühten rote Blumen, in dem roten weiße. Die Blüten sahen interessant aus: zart und zerbrechlich und ein bisschen frech.

„Das sind fleißige Lieschen", sagte die Blumenfrau. „Sie blühen das ganze Jahr über, im Sommer auf dem Balkon oder im Garten, im Winter auf der Fensterbank." Sie sah Eli an. „Wenn man das Gießen nicht vergisst."

Eli nickte und nahm den weißen Topf, Emma zögernd den roten. „Danke schön", sagte sie höflich.

Eli musste grinsen. Emma und Blumen! Wie lange das arme Lieschen bei ihr wohl noch fleißig sein würde? „Wenn du's nicht willst, kannst du es mir geben", sagte sie gönnerhaft.

Emma schüttelte den Kopf. „Nein, das ist hübsch. Das behalte ich." Und dann fragte sie der Blumenfrau Löcher in den Bauch: ob und wie oft sie die verblühten Blüten abmachen solle, wann und wie viel sie ihr Lieschen gießen müsse, und ob sie es in die Sonne oder in den Schatten stellen solle.

„In den Schatten", sagte die Blumenfrau. „Und wenn es irgendwann nicht mehr recht blühen will, zwickst du einfach ein paar Triebe ab und stellst sie ins Wasser. Sobald sie Wurzeln gezogen haben, setzt du sie wieder in Erde ein, und schwupps: hast du lauter Kinder-Lieschen."

„Wirklich?", fragte Emma begeistert. Die Blumenfrau nickte.

„Willst du nie mehr Blumen verkaufen?", fragte Eli.

„Ich habe mein Leben lang Blumen verkauft. Da muss ich irgendwann auch mal damit aufhören."

„Und was machst du jetzt?"

„Aufs Land ziehen, Spazierengehen, Bücher lesen und den Sommer genießen. Wie geht es denn deinem Glücksklee?"

Eli merkte, wie sie vor Verlegenheit rot wurde. „Och, gut."

Die Blumenfrau wickelte die Lieschen in Zeitungspapier ein. Emma nahm ihr Päckchen mit einem Gesichtsausdruck entgegen, als ob es eine Schatzkiste voller Diamanten wäre.

„Du musst den Klee ins Helle stellen und gießen", sagte die Blumenfrau und Eli nickte.

„Heute ist ein wunder-wunderbarer Tag!", jubilierte Emma, als sie wieder auf der Straße waren.

Eli sagte nichts. Sie fand, dass ein Tag, an dem die Blumenfrau ihren Laden für immer zumachte, nie und nimmer wunderbar sein konnte.

Wie üblich war Mama nicht da, als Eli nach Hause kam. Im Flur ließ sie ihre Schultasche fallen, in ihrem Zimmer wickelte sie das Lieschen aus und stellte es an Mimis Platz. Dann holte sie den Joghurtbecher mit dem Glücksklee aus ihrem Nachttisch. Aus der knochentrockenen Erde sprossen zwei blässliche Stängel. Sie sahen zum Mitleidhaben aus. Eli hielt den Becher unter den Wasserhahn und stellte ihn aufs Fenstersims. Sie war sich sicher: Das konnte nichts mehr werden. Aber der Tag war zu sonnig zum Traurigsein und der Kirschbaum sah verlockend aus.

Außerdem hatte sie riesige Lust auf Pfefferminztee mit Erdbeergeschmack! Frau Meyer saß in ihrem Schaukelstuhl; auf ihrem Schoß standen ein mit Papier ausgelegtes Tablett und ein Weidenkörbchen mit sonnengelben und orangefarbenen Blüten.

„Was machst du da?", fragte Eli.

„Ringelblumenblüten trocknen. Für Tee und Creme."

„Ach ja, stimmt", erinnerte sich Eli. „Das hat Oma Maria auch gemacht. Und über die dummen Leute gelästert, die sich in der Apotheke teure Salben andrehen lassen, obwohl im Garten doch alles umsonst wächst. Nur weil sie keine Zeit und keine Ahnung hätten und außerdem viel zu bequem wären." Eli seufzte. „Meine Mama hat auch keine Zeit. Und Paps auch nicht mehr. Und Oma Augusta gleich gar nicht."

Frau Meyer nahm eine gelbe Ringelblume und zupfte die Blütenblätter aufs Tablett. „Dabei ist es so einfach."

„Was?"

„Sich ein bisschen Zeit zu schenken."

„Und wie?"

„Das fragst du am besten den Fachmann, hm?"

Eli lief zum Kirschbaum. „Guten Tag, Nikodemus! Verrätst du mir, wie man sich Zeit schenkt?"

Der Troll betrachtete weiße Blumen, die aussahen wie eine Kreuzung aus Gänseblümchen und Wäscheknöpfen. „Schau mal, wie viele Blütenblätter sie haben, und wie die Sonne sie zum Leuchten bringt!" Eli wollte etwas sagen, doch er schüttelte den Kopf. „Geh hin und streichel sie. Sie duften nach Kamille."

„Brrr! Kamillentee muss ich immer trinken, wenn ich Bauchweh hab."

„Das ist kein Tee, sondern Rasen und mit Honig gemacht. Du riechst es, sobald du drübergehst."

Der grüne Teppich, der sich bei den Trichterfarnen ausbreitete, hatte Eli bislang nicht besonders interessiert, aber mit den Wäscheknöpfen darauf sah er richtig hübsch aus. Nikodemus hatte recht: Wo immer sie hintrat, duftete es kamillehonigsüß – und dann entdeckte sie tatsächlich Walderdbeeren! Im Kamilleweiß wirkten sie wie winzige Kussmünder und Eli pflückte, was sie finden konnte. Ein Marienkäfer krabbelte über ihre Hand und eine flauschige Hummel

flog brummend in eine lilablaue Glockenblume. Blütenstaubbepudert tauchte sie wieder auf und verschwand in der nächsten. Eine Blindschleiche schlängelte durchs Gras, unter einem moosigen Stein saßen zwei Feuersalamander. Im Gebüsch schwätzten die Spatzen. Als Eli sich sattgenascht hatte, stellte sie erstaunt fest, dass sie bis zum Bambus gegangen war.

„Entschuldige", sagte sie, als sie zu Nikodemus zurückkam. „Vor lauter Erdbeeressen habe ich glatt die Zeit vergessen."

„Du hast sie dir geschenkt", sagte der Troll.

„Ich hab herumgetrödelt!"

Nikodemus grinste. „*Trödeln* – das gefällt mir. Du hast dir eine Stunde Zeit ertrödelt. Ist das nicht herrlich?"

Lachend lief Eli zur Terrasse. Frau Meyer hatte die Ringelblumen fertig gezupft. Eli setzte sich. „Ich hätte nie gedacht, dass eine Stunde so kurz und gleichzeitig so lang sein kann!"

Die alte Dame lächelte und ihre Fältchen wurden zu lustigen Wellen auf ihrer Stirn. „Zeit schenken kannst du dir überall, aber in einem Garten ist es besonders leicht: eine Sekunde, in der ein Tautropfen von einem Blatt rinnt, ein Vogel auf einem Ast landet; die Minute, die sein Lied dauert, die frühe oder die späte Stunde, in der sich Blüten öffnen und wieder schließen – es gibt viele kostbare Momente während all der Tage, Wochen und Monate, in denen Pflanzen werden, bleiben und vergehen. Wenn du es willst, kannst du in einem Garten Sekunden zu Minuten machen, eine Stunde zu einem Tag, einen Tag zu einem ganzen Leben. Oder ein ganzes Leben zu einem einzigen Tag. Ich habe Tee gekocht. Magst du eine Tasse?"

Am nächsten Morgen sah Eli zu ihrer Überraschung Emma an der Mauer stehen. Sie hatte einen Korb dabei und lächelte verlegen. „Ich habe mir überlegt, dass es nett wäre, in deinem Wundergarten ein kleines Picknick zu machen."

Damit begannen herrliche Tage, die so schnell vorübergingen, dass Eli es kaum glauben mochte. Leider ließen sich weder Frau Meyer noch Luigi blicken, wenn sie mit Emma zusammen kam, und Nikodemus weigerte sich weiterhin beharrlich, mit ihr zu sprechen, aber Eli hatte auch mit Emma alleine Spaß:

Sie ernteten zuckersüße Himbeeren und sauersüße Brombeeren, naschten rote, weiße und sogar ein paar schwarze Johannisbeeren; sie zerrieben duftende Kräuter in ihren Händen, pflückten Blumen in der Wiese und kosteten die ersten gelben Minitomaten. Emma brachte zwei Tassen, Zucker und eine Thermoskanne heißes Wasser mit, und jeden Tag kochten sie eine andere Sorte Pfefferminztee. Irgendwann schleppte sie sogar einen Wischeimer, Reiniger, Putzlappen und einen Besen an, und sie machten im Haus sauber. Eli musste eingestehen, dass ihr der Schmutz und Staub und die vielen Spinnweben bis dahin gar nicht aufgefallen waren. Und Frau Meyer offenbar auch nicht.

Es war schade, dass es ihr nicht gelang, ihre Freunde alle auf einmal um sich zu haben, aber mit der Zeit fand sie sich damit ab. Oft hatte Emma ihre Bücher dabei und Eli war erstaunt, wie leicht es ihrer Freundin fiel, stundenlang zu lesen oder einfach dazusitzen und nachzudenken. Sie fing an, Emma zu beneiden: Offenbar wusste sie längst, wie man sich die nötige Zeit ertrödelte. Wenn Emma mit ihren Büchern beschäftigt war, vergaß sie alles, nur zwei Dinge nicht: das Mittagessen und ihr fleißiges Lieschen, das sie mit einer Hingabe pflegte, die Eli ihr niemals zugetraut hätte.

Schon bald war mehr als die Hälfte der Sommerferien vorbei. Paps hatte Eli eingeladen, mit ihm und Katja die beiden letzten Wochen an die Ostsee zu fahren. Eli hatte sich trotz Katja auf den Sand und das Meer gefreut, vor allem aber darauf, endlich wieder einmal längere Zeit mit Paps zusammenzusein. Als es dann soweit war, wäre sie am liebsten bei Emma im Garten geblieben.

Am Vorabend der Reise brachte sie ihr das rote Lieschen und den Topf mit dem kläglichen Glücksklee zum Draufaufpassen. Danach

ging sie in den Garten, um sich von Frau Meyer, Nikodemus und Luigi zu verabschieden. „Ich möchte dir etwas zeigen", sagte Frau Meyer zur Begrüßung.

Eli folgte ihr neugierig hinters Haus zu dem Schuppen, wo der Topf mit der toten Olive stand, und es dauerte ein Weilchen, bis sie begriff, dass die silbrig grünen Blätter aus dem Stumpf des Stammes herauswuchsen, den sie im Frühling so rigoros abgesägt hatte.

Frau Meyer schmunzelte. „Dank deiner Schnittkunst muss mein Olivenbaum nun sein zweites Leben als Busch verbringen." Sie lachten, und Eli dachte an Luigis schiefes Schächtelchen, das immer noch hinten in ihrem Schreibtisch steckte. Seit Weihnachten hatte sich so viel wunderbares Morgen angesammelt, dass es bestimmt davon überquoll.

Nachdem sie Nikodemus und Luigi auf Wiedersehen gesagt hatte, trank sie mit Frau Meyer einen Abschiedstee auf der Terrasse. Die alte Dame gab ihr ein schmales Buch, auf dem ein Junge mit grünen Hosen und goldenem Haar abgebildet war.

„Die Geschichte vom kleinen Prinzen", sagte sie. „Ich glaube, es ist die rechte Zeit, sie zu Ende zu erzählen."

Und dann erzählte sie, wie der kleine Prinz seinen winzigen Garten und seine schöne Rose verließ, und dass er weit herumkam und schließlich auf die Erde fiel. Und wie enttäuscht er war, als er sah, dass seine Rose gar nicht einzig war, sondern in tausend Gärten wuchs. Und wie er zwei Freunde fand, einen schlauen Fuchs und einen abgestürzten Flieger in der Wüste, und dass seine Freunde ihm halfen zu verstehen, dass seine Rose doch einzig war. Weil es seine Rose war.

„Und obwohl der kleine Prinz den Fuchs und den Flieger liebgewann, musste er von ihnen fortgehen, denn seine Besuchszeit auf der Erde war zu Ende. Und so kehrte er in seinen Garten und zu seiner Rose zurück. Seinen Freunden aber ist die schöne Erinnerung an ihn geblieben."

„Das ist eine sehr traurige Geschichte", sagte Eli.

Frau Meyer schüttelte den Kopf. „Ein Besuch geht immer irgendwann zu Ende, aber das Abschiednehmen fällt leicht, wenn die gemeinsam verbrachten Stunden erfüllend waren, wenn man wohlig satt und angenehm müde ist nach einem langen Tag. Und wenn man nicht vergessen wird von denen, die man liebt." Eli fand trotzdem, dass es eine traurige Geschichte war.

„Dinge kann man dir nehmen", fuhr die alte Dame fort, „Gefühle nicht." Sie lächelte, und ihre Fältchen sahen gleichzeitig traurig und fröhlich aus. „Du hast deine Blumen gepflanzt, und genau wie beim kleinen Prinzen wird die Erinnerung die Sehnsucht wachhalten. Eines Tages wirst du deinen Garten wiederfinden. Und alle Blumen werden blühen."

„Das werden sie ganz gewiss!", sagte Eli lachend und gab ihr die Hand. „Mach's gut und pass auf Nikodemus und Luigi auf. In zwei Wochen bin ich wieder da!"

* * *

Eli nahm sich vor, nett zu Katja zu sein, aber es fiel ihr schwer. Katja war auch nett, und sicher fiel es ihr genauso schwer. Das Meer war herrlich und der Strand auch, und Katja ließ Paps und Eli viel Zeit füreinander. Trotzdem war nichts mehr, wie es gewesen war, und nicht Katja war schuld, sondern der alte Garten. Nach einem Tag vermisste Eli ihn schon, und den leckeren Tee, und Frau Meyer, Nikodemus und Luigi – und sogar Emma! Paps baute mit ihr eine riesige Mattisburg aus Sand und sie tobten durchs Wasser und sie lachten und er rief sie Ronja, aber es wäre ihr lieber gewesen, er hätte weiterhin Eli gesagt. Er war kein Räuberhauptmann, er war Paps und hatte einen Bauch und blasse Beine, und Eli war groß und der dunkle Wald längst ein verborgener Garten. Wenn sie abends im Bett lag, stellte sie sich vor, wie er aussähe, wenn sie heimkam. Alle Tomaten wären reif, selbst die großen krummen. Die Studentenblumen würden noch blühen, die Rasenkamille leider nicht mehr. Und die Äpfel würden duften und die Blätter bald wieder bunt. Zum zweiten Mal würde sie den Garten in seinem prächtigen Herbstkleid sehen, und dieses Jahr konnte sie es von Anbeginn genießen.

Die Zeit am Meer verging dann doch schneller, als Eli gedacht hatte, und am Ende hatte sie sich sogar an Katja gewöhnt. Am vorletzten Tag hatte sie Geburtstag. Paps schenkte ihr einen neuen Kassettenrekorder, und Katja ließ ihnen den ganzen Tag zum Feiern. Nein, Katja konnte nichts dafür, dass Mama und Paps nicht mehr zusammenka-

men; sie zeigte nur, dass es so war. Eli merkte, dass der Gedanke nicht mehr wehtat. Und auch dabei half ihr Frau Meyers Garten.

An einem himmelblauen Spätsommerfreitag kamen sie zurück, wie geschaffen, um noch ein Stündchen zu Frau Meyer zu gehen und Hallo zu sagen. In der Straße war es laut und staubig und auf der Brache stand kein Gras mehr. Erde und Steine türmten sich zu einem graubraunen Berg, den ein Bagger auf einen Laster schaufelte. Eli stockte der Atem: Die Mauer war weg! Paps hatte kaum den Wagen angehalten, als sie heraussprang. Sie stolperte über Gerümpel und Gestein, rannte wie von Sinnen zu der Stelle, wo der Mauerspalt gewesen war. Aber sie brauchte ihn nicht mehr, denn sie konnte jetzt überall in den Garten hineingehen.

Frau Meyers Haus hatte kein Dach, keine Fenster, keine Türen und keine Terrasse, keine Treppe und keinen Schaukelstuhl mehr. Baggerspuren führten mitten durch Elis Regenbogenbeet, über die Wiese und die Pfefferminzen bis dahin, wo der Bambus gestanden hatte. Eli suchte den Bach und den Teich und den Pavillon, wo nur noch plattgewalzte nackte Erde war. Der Kamillenrasen und die Erdbeeren waren weg, Bambusgrün, Rosenranken und Geäst türmten sich zu mannshohen Haufen. Eli schlug die Hände vors Gesicht. Sie wollte es nicht sehen! Das Sägemehl auf dem Boden. Den hellen Baumstumpf, an dem eine zerrissene Efeuranke hing.

„Nikodemus!", rief sie verzweifelt. „Luigi! Wo seid ihr?"

Irgendwer redete auf sie ein. Gutmütige, staubige Arbeitergesichter; selbst der Baggerfahrer war ausgestiegen. „Du kannst hier nicht herumlaufen, Kleine. Das ist gefährlich!"

„Warum habt ihr alles kaputtgemacht? Warum?"

Plötzlich war Paps da. Er strich ihr übers Haar, aber sie merkte es nicht. Sie wollte zum Haus, Frau Meyer suchen, aber er ließ sie nicht. Sie schlug um sich, weinte, schrie, und dann wich alle Kraft aus ihr und Paps trug sie nach Hause.

Später kam Emma und setzte sich zu ihr ans Bett. „Schau mal: Wir haben immer noch unsere Lieschen."

„Ja", sagte Eli. „Und einen Becher vertrockneten Glücksklee."

„Nö", sagte Emma. „Der wächst wieder."

Eli musste weinen und Emma weinte mit, und das tat dann doch ein bisschen gut.

Es war dunkel, als Eli aufwachte. Im Wohnzimmer hörte sie Mama und Paps reden. Ach was, reden! Sie zankten sich wieder mal. Am liebsten hätte Eli sich die Ohren zugehalten. Sie stand auf und öffnete das Fenster. Die Luft roch nach Herbst. Das trübe Licht der Straßenlaternen verwandelte den Bagger in ein grauschwarzes Monster.

Die Stimmen nebenan wurden lauter. Eli machte das Fenster zu und schlich in den Flur.

„Bei den Märchen, die du dem Kind ständig auftischst, ist es kein Wunder, dass sie sich in eine Fantasiewelt flüchtet!", schimpfte Mama.

„Sie ist heimlich in einen verwilderten Garten gegangen und hat sich dort offenbar wohlgefühlt. Na und?", sagte Paps. Eli hätte ihn küssen mögen. So ein bisschen war er doch noch ihr mutiger Räuberhauptmann.

„Sie muss ihre Therapie fortsetzen!", sagte Mama.

Eli ging hinein. „Ich brauche keine Therapie. Ich brauche Eltern, die endlich aufhören, sich anzuschreien."

Mama und Paps sahen zerknirscht aus und Eli kam sich ziemlich erwachsen vor. Ohne ein weiteres Wort ging sie zurück in ihr Zimmer.

Als sie zum zweiten Mal wach wurde, dämmerte es schon. Leise zog sie sich an und verließ die Wohnung. Draußen war es still und kühl; über der Brache lag dünner Nebel, Erde und Geröll waren Zauberberge, am Himmel zogen rosa Wolken. Morgenrot gibt nasses Mittagsbrot, hatte Oma Maria immer gesagt.

Der Garten oder vielmehr das, was von ihm übrig war, lag schutzlos vor ihr, aber diesmal war Eli darauf vorbereitet. Leise rief sie nach Nikodemus und Luigi, doch sie blieben verschwunden. Von ihrem Regenbogenbeet war nichts geblieben. Unter zersplitterten Brettern fand sie eine Handvoll zerknickte Studentenblumen und Frau Meyers zerbrochenen Schaukelstuhl. Die bunten Tomaten, auf die sie sich so gefreut hatte, waren allesamt herausgerissen. Eli ging ums Haus herum. Nichts von dem, was sie geliebt hatte, war noch da: die lustigen Farne der Blumenfrau, der auferstandene Olivenbaum, die Zaubernuss und die Pergola, Luigis Wurzel; nicht mal die Brombeeren und Brenn-Nesseln hatte man stehen lassen. Es war, als hätte es den alten Garten nie gegeben.

Eli setzte sich auf den sägebemehlten Stumpf, der einmal ein Kirschbaum gewesen war. Im Gras vor ihr lag etwas. Sie hob es auf. Es war der verrostete Schornstein einer Spielzeugeisenbahn.

Die Sonne ging auf. Überall Äste, welke Blätter, die an Zweigen hingen, an denen schon die Knospen fürs neue Jahr zu sehen waren. Rissige Rindenstücke mit Flechten. Ein bisschen Baumblut, zäh und klebrig. Eli wischte sich über die Augen. Nikodemus hatte es gewusst. Deshalb hatte er das mit dem Sterben gesagt: um ihr den Abschied leichter zu machen.

Plötzlich hatte sie das Gefühl, dass er hinter ihr saß. Sie wagte nicht sich umzudrehen, aus Angst, es könnte nur ein Hirngespinst sein, eine Wunschvorstellung.

„Ich konnte hier nicht bleiben. Das verstehst du, oder?"

„Wo wohnst du denn jetzt?"

„Dort, wo Luigi wohnt."

„Die Wurzel ist doch gar nicht mehr da!" Eli wandte sich um, und Nikodemus war verschwunden.

Auf der Straße gingen zwei Frauen vorbei. „Das wurde auch Zeit, dass diese Bruchbude endlich abgerissen wird", sagte die eine.

„Ja. Schau dir die riesigen Haufen Unrat an! Ständig flog der Unkrautsamen über die Mauer in meinen Garten."

Sie blieben stehen und blickten in Elis Richtung, schienen sie jedoch nicht zu bemerken. „Wie es heißt, hat die Stadt das Grundstück gekauft. Sie wollen einen Kindergarten draufstellen."

„Lange genug hat's ja gedauert, bis die Erben der alten Dame sich einig geworden sind. War ein ziemliches Trauerspiel."

Die zweite Frau nickte, dann gingen sie weiter.

Erben? Welche Erben? Eli schlich zum Haus. Nikodemus war dagewesen! Aber jetzt sagte er nichts mehr. Dafür hörte sie ein altbekanntes drolliges Tuten, und aus einem Ästehaufen stieg ein winziges weißes Wölkchen auf. Die Haufen verschwanden, und plötzlich war der alte Garten wieder da, und was sie sah war das, was wirklich war. Wie hätte es auch anders sein sollen?

Sie dachte an Paps. Hatte sie nicht gerade erst gemerkt, dass er zwar gegangen, aber nicht fort war? Bloß der Weg zu ihm war ein anderer geworden. Und dieser Weg hatte sie in Frau Meyers Garten geführt.

Das Haus sah aus wie ein großes gestorbenes Tier. Drinnen war es duster. Nur langsam gewöhnten sich Elis Augen an das Zwielicht. Die Möbel waren weg und überall lag dick der Staub. Eli setzte sich auf die Ofenbank und strich über die gesprungenen Kacheln. Wie glücklich sie hier gewesen war! Sie schloss die Augen. *Und bald hier, bald dort erhoben sich wispernde Stimmen und fragten: „Kommt sie noch nicht?", und andere antworteten: „Noch nicht, aber bald." Und dann wurde es Mittag, heißer strahlender Mittag, und es trat eine Stille ein, eine tiefe erwartungsvolle Stille. Aber auch diese Stunde ging vorüber, ohne dass die alte Frau erschienen wäre.*

Als jemand sich neben sie setzte, öffnete Eli die Augen und sie sah, dass sie wieder im Garten war. Paps war gekommen. Er hielt das Buch vom kleinen Prinzen in der Hand, der grüne Hosen hatte und goldenes Haar.

„Woher hast du das?", fragte sie erstaunt.

„Es lag im Haus neben dem Ofen."

„Frau Meyer hat mir die Geschichte erzählt. Aber ich versteh nicht alles."

„Es ist ein Märchen", sagte Paps. „Wie das von Ronja. Wie das vom alten Garten." Er streichelte ihre Wange. „Weißt du, es gibt eine Zeit, zu der diese Geschichten nicht mehr wahr sind. Dann ist man erwachsen."

„Aber für dich waren sie doch immer wahr!"

„Weil ich sie dir erzählen konnte." Er sah sie ernst an. „Du weißt schon, dass Frau Meyer, dass sie ... gestorben ist? Schon vor langer Zeit. Und ..." Er wusste nicht weiter.

Eli nahm seine Hand. „Keine Angst, Paps. Ich glaub nicht mehr an den Weihnachtsmann."

Er lächelte; Eli sah zum Haus. In einem schwarzen Fensterloch stand Frau Meyer und winkte. *Und der warme Hauch der Vergänglichkeit war in ihr und der reine kalte Odem der Sternenwelt, und es war alles, Tod und Leben, eins. „Das ist das Beste", murmelte die alte Frau. Und wie der Lichtschein aus dem Zimmer auf ihr Gesicht fiel, konnten alle im Garten sehen, dass ihre Tränen getrocknet waren.* Eli nickte ihr zu und stand auf.

„Ich glaube, es ist die rechte Zeit zu gehen."

Wir sehen
die Dinge nicht,
wie sie sind,
wir sehen sie,
wie wir sind.

(Talmud)

Se non è vero, è molto ben trovato.
Wenn es nicht wahr ist, ist es doch gut erfunden.

Giordano Bruno

Epilog

„Was, bitte, soll die Bruchbude kosten?" Die Frau war heftig geschminkt, um die Mitte Vierzig und so schlank, dass es wehtat. Der Makler wiederholte den Preis. Die Frau lachte schrill. „Da sind die Container zur Entsorgung dieser", sie deutete verächtlich auf den verwilderten Garten, „Unkrautberge wohl hoffentlich mit drin!"

„Darüber können wir sicher mit dem Eigentümer reden, gnädige Frau. Wenn Sie nun vielleicht das Haus anschauen möchten?"

„Wenn Sie mir sagen, wo es ist?", kam es sarkastisch zurück.

„Nun ja, es ist nicht sehr groß, aber ..."

„Kann man anbauen?"

Der Makler strahlte. „Sicher! Wenn Sie möchten, kann ich Ihnen gern den Bebauungsplan zeigen."

„Zeigen Sie mir lieber den Eingang!"

Der Makler sah Markus an. „Sie schauen sich mit Ihrer Gattin derweil ein bisschen draußen um?"

Markus nickte. „Wir haben Zeit."

„Ich nicht!", sagte die Frau.

Sie stöckelte aufs Haus zu, das fast vollständig unter einer grünen Wand aus Efeu verschwand. Der Makler folgte.

„Herrlich!", schwärmte Eli, als die beiden außer Hörweite waren. „Aber hast du den Preis gehört? Viel zu teuer für uns."

Markus küsste sie auf die Nasenspitze. Das tat er immer, wenn er was im Schilde führte. „Ich habe den Verdacht, dass man am Preis was machen kann."

Eli sah zur Haustür, die sich gerade hinter der Dame und dem Makler schloss.

„Und ich habe den Verdacht, dass sie mehr zu bieten hat als wir."

Markus feixte. „Wenn sie so gut situiert wäre, wie sie sich den Anschein gibt, würde sie wohl eher eine Villa mit Pool sezieren als

ein in die Jahre gekommenes Siedlungshaus in der Vorstadt." Eli lachte und hakte Markus unter. Sie gingen den schmalen Weg entlang, der zwischen Haus und Garage in den hinteren Garten führte. Das Grundstück war nicht besonders groß, dicht bewachsen und von einer Mauer eingefasst. Der Herbst färbte die Sträucher bunt. Das Efeugrün wirkte dadurch besonders intensiv.

„Ein wenig schneiden müsste man es schon", sagte Markus.

„Das überlasse mal hübsch mir", entgegnete Eli.

„Ja, ja: das Haus für mich, der Garten für dich."

„Genau! Das hatten wir ..." Sie starrte auf den Baum, dessen Laub in allen möglichen Gelbtönen leuchtete. An dem mächtigen Stamm wucherte der Efeu bis in die lichte Krone hinauf. Rings um eine verwitterte Baumbank glänzten die sattgrünen Wedel unzähliger Trichterfarne. „Das kann nicht sein."

„Was?", fragte Markus.

Eli setzte sich auf die Bank. Hopfen und Efeu wuchsen hindurch und verwebten sich zu einem zweifarbigen grünen Kleid. Ihr Blick schweifte nach oben. Wo sich die Hauptäste gabelten, bedeckten graublaue Flechten die rissige Rinde. „Ich glaub's nicht!"

Markus setzte sich neben sie. „Ich vermute, der Garten gefällt dir", sagte er lächelnd. Gefallen? Das war ein zu schwaches Wort. Eli roch den erdigen Hauch nach Vergänglichkeit und er brachte die Erinnerung zurück, den Schmerz, die Tränen, die Trauer, aber auch Trost und Freude, Frühling, Sommer, Fülle, Farben. Und mittendrin der Kirschbaum. Kindheitstraum.

„Ich muss sofort Emma anrufen!"

„Sagtest du nicht, sie ist in New York?"

Eli nickte und holte ihr Handy heraus. Sie tippte: *Habe meinen Garten gefunden. Das Haus passt auch *lach*. Freue mich, dich bald zu sehen. Eli.*

„Ach, hier sind Sie!"

In seinem dunklen Anzug und mit dem akkurat gescheitelten Haar wirkte der Makler fehl am Platz. Die geschäftige Betriebsamkeit, mit der er sich ihnen zuwandte, obwohl sie nicht seine präferierten Kunden waren, ließ den Schluss zu, dass die Dame nicht interessiert war. Elis Herz tat einen Sprung. Vielleicht ließ sich am Preis tatsächlich was machen? Sie hatte den Gedanken kaum zu Ende gedacht, als ihre

Hoffnung zerstob. Die Dame stolzierte aus der Garage und kam zu ihnen. Sie tat, als wären Eli und Markus überhaupt nicht vorhanden.

„Wenn Sie dafür sorgen, dass dieses Gestrüpp", sie zeigte auf das Efeukleid des Hauses, die Büsche vor der Mauer und den alten Kirschbaum, „umgehend verschwindet, könnte ich mir die Sache überlegen." Sie zuckte die Schultern. „Schließlich beabsichtige ich nicht selbst einzuziehen."

Ein neuer Hoffnungsschimmer. „Sie wollen vermieten?", fragte Eli.

Die Dame musterte sie abschätzig. „Nein. Meine Tochter braucht eine vernünftige Wohnung. Sie studiert und sie hat ganz bestimmt keine Zeit, eine Wildnis zu bewirtschaften!" Sie wandte sich wieder dem Makler zu: „Sie sagten, Sie haben einen guten Gartenbauer an der Hand?"

„Nein!", rief Eli.

Makler und Dame starrten sie an, als hätte sie sich in Dracula verwandelt. Auch Markus schaute irritiert. Seinem Gesichtsausdruck konnte sie entnehmen, dass er die Hoffnung auf einen Preisnachlass aufgegeben hatte, aber Eli war sich sicher, eine glückliche Fügung hatte sie hierhergeführt, und sie wollte dieses Haus, ach was: Sie musste diesen Garten haben! „Sie brauchen den Gartenplaner nicht zu bemühen. Wir kaufen das Haus. So wie es ist."

Sie sah Markus an, dass er ernsthaft an ihrem Verstand zweifelte. Die Dame indes schien kämpferisch zu werden.

„Ich sagte gerade, dass ich bereit bin ..."

„Darf ich Sie auf einen Kaffee hereinbitten?"

Ohne dass sie es bemerkt hatten, war ein alter Mann zu ihnen gekommen. Er hatte schneeweißes Haar, trug eine geflickte Jacke und viel zu weite Hosen. Er nahm Elis Hand und deutete einen Handkuss an. „Meyer, mein Name. Ich freue mich, Sie in meinem Heim begrüßen zu dürfen."

„Herr Meyer, bitte!", sagte der Makler. Es war ihm anzumerken, dass er langsam ärgerlich wurde.

„Sie wollten ja keinen Kaffee haben", sagte Herr Meyer.

Eli stand da wie angenagelt. „Sie heißen tatsächlich Meyer?"

Der Makler sah sie an, als misstraute er ihrer Zurechnungsfähigkeit. Der alte Mann lächelte. „Ich schätze, es gibt in Deutschland ein paar Leute, die so heißen, ja."

Das konnte nun wirklich kein Zufall mehr sein! Gut, der Garten war kleiner und das Haus nicht so alt, aber der Kirschbaum ... Eli bückte sich und schaute unter die Bank. Nichts. Natürlich. Was hatte sie erwartet? Sie benahm sich wie eine dumme Göre! Niemals konnten sie sich dieses Haus leisten, mitten im Ballungsraum, ein Haus, an dem jede Menge repariert werden musste, und außerdem würde die Dame sie sowieso überbieten.

„Danke für die Einladung, Herr Meyer. Ich trinke sehr gerne einen Kaffee mit Ihnen."

Herr Meyer strahlte. Der Makler verdrehte die Augen.

Die Dame kramte eine Visitenkarte hervor und drückte sie dem Makler in die Hand. „Ich habe mein Angebot gemacht. Ich erwarte Ihren Anruf spätestens morgen früh."

Der Makler nickte, die Dame ging.

„Ist im Preis noch was drin?", fragte Markus.

„Nein", sagte der Makler.

„Das kommt drauf an", sagte Herr Meyer.

Der Makler wandte sich an Markus. „Ich muss zu einem Termin. Sollten Sie kaufen wollen, rufen Sie mich bitte heute noch an." Er warf Herrn Meyer einen bösen Blick zu und verschwand.

Eli und Markus folgten Herrn Meyer ins Haus. Es war wirklich sehr klein, aber für die studierende Tochter einer vermögenden Mutter nicht schlecht, die das nötige Kleingeld hatte, vorher eine Horde Handwerker durchzujagen. Sie jedoch hatten nicht einmal das nötige Geld für den geforderten Kaufpreis! Herr Meyer bat sie ins Wohnzimmer, ein gemütlicher Raum mit arg dunklen Holzdielen und – Eli überraschte es nicht – einem wiesengrünen Kachelofen, der wohlige Wärme verbreitete. Die Tapete war vergilbt und längst aus der Mode, der Teppich verschlissen. Aber die Möbel waren schön, aus Nussbaumholz und sicher um Jahre älter als das Haus. Herr Meyer zeigte auf ein Sofa und zwei Sessel und bat sie, Platz zu nehmen. Er verschwand in einen angrenzenden Raum, vermutlich die Küche. Sie hörten ihn hantieren und rochen den Duft von frisch gemahlenem Kaffee.

Herr Meyer kam mit einem Tablett herein, auf dem Tassen, Teller, Zucker, Milch und eine Schale mit Schokoladenplätzchen standen. „Als hätte ich geahnt, dass ich meine Kaffeestunde heute mit jeman-

dem teilen werde." Lächelnd stellte er Gebäck und Geschirr auf den Tisch und holte den Kaffee. „Handgebrüht", sagte er stolz. Das erinnerte Eli an Oma Maria, und überhaupt schien sie in eine andere Zeit geraten zu sein, seit sie den Garten betreten hatte.

„Wo ist denn Ihre Frau?", fragte sie und erntete einen empörten Blick von Markus. Sie wusste ja selbst, dass eine solche Frage unhöflich war, weil es viele Alternativen in seinem Alter nicht mehr gab, aber sie konnte nicht anders.

Und tatsächlich kam die traurige Antwort: „Mein Irmchen ist gestorben. Vor vielen Jahren schon."

Irmchen – ein Kosename für Irmtraud? Oder für Irma! Hatte die alte Frau Meyer bei ihrem ersten Besuch nicht gesagt, sie solle sie Tante Irma nennen?

Eli lief es trotz der Wärme eiskalt den Rücken herunter. „Sie waren sicher lange verheiratet, oder?"

„Oh ja. Wir ..."

Markus verschluckte sich am Kaffee und hustete. Herr Meyer klopfte ihm auf den Rücken, dass er noch mehr hustete. „Danke, danke!", wehrte er ab und warf Eli einen bitterbösen Blick zu.

„Wir wollen Sie nicht unnötig aufhalten", sagte er, als er wieder Luft bekam. „Und ich möchte ehrlich zu Ihnen sein. Wir können den Preis, den Sie verlangen, nicht bezahlen. Die Äußerung meiner Frau war, nun, ein bisschen vorschnell."

Eli roch die Erdbeerminzen und die Amseln sangen und die Kirschen schmeckten nach Sommer und Sehnsucht. Schluss damit! Es hatte keinen Sinn, Kindereien nachzuhängen.

„Mein Mann hat recht."

„Warum haben Sie dann gesagt, dass Sie das Haus kaufen wollen?"

Es klang nicht enttäuscht, nicht böse, nicht mal überrascht. Nur neugierig. Er lächelte mit seinen Fältchen. Genau wie Frau Meyer.

„Es hört sich sicher seltsam an", sagte Eli verlegen. „Aber ich habe mich auf Anhieb in Ihren Garten verliebt. Weil ..." Sie wusste nicht, wie sie das Unerklärliche erklären sollte, doch er schaute sie so freundlich und geduldig an, dass sie sich ein Herz fasste. „Es ist Ihr Kirschbaum. Ich liebe Kirschen seit meiner Kindheit."

„Ich auch. Vor allem die Kerne!", sagte er verschmitzt. „Der alte Recke steht schon seit vielen Jahrzehnten da draußen. Der ist sogar

älter als das Haus und ich." Er wurde ernst. „Wahrscheinlich wird er's nicht mehr allzulange machen."

„Einige Sommer bestimmt noch", entgegnete Eli. „Und dann wird aus ihm ein Elfen-Efeubaum, in den die Amseln ihre Nester bauen. In seinem Schatten würde ich gern einen kleinen Bach und einen Teich anlegen, mit Fröschen und Molchen darin. Finden Sie nicht auch, dass die Flechten auf den Ästen wie Wundersterne aussehen? Und die vielen Trichterfarne drumherum ... Ach, Ihr Garten ist einfach ganz zauberhaft!"

Markus' Miene verriet, dass er überlegte, wer die Frau war, die ihm gegenübersaß. Eli schämte sich. Wie konnte sie einen solchen Blödsinn erzählen! Was sollte Herr Meyer von ihr denken? Sie würde an seiner Stelle das Haus jedenfalls nicht an sich verkaufen, wenn sie ernsthaft daran interessiert wäre, jemals Geld zu sehen.

Herr Meyer goss ihr Kaffee nach. „Den Makler hat mein Sohn beauftragt. Er schleppt ständig Leute an, die ich nicht mag: Leute, die hier durchtrampeln und Überlegungen anstellen, wie sie am schnellsten das Haus entrümpeln, den Garten umpflügen und die Bäume absägen könnten, Leute, die anbauen und umbauen wollen, die meine Tapeten altmodisch finden und die gesprungenen Kacheln am Ofen monieren. Leute, denen die Decken zu hell, die Dielen zu dunkel und die Möbel nicht alt genug sind für einen ordentlichen Preis beim Antiquitätenhändler."

„Ihre Möbel sind wunderschön", sagte Eli.

„Mein Sohn glaubt, dass er das Recht zu alldem hat. Er hat es nicht. Ich habe gesagt, dass ich ins Heim gehe, ja. Aber ich will selbst entscheiden, wer in mein Haus einzieht, und wem ich meinen Garten gebe."

„Wir haben nicht genügend Geld ...", setzte Markus an.

„Was ich in meinem Leben noch brauche, habe ich." Herr Meyer sah Eli an. „Als ich ein kleiner Knabe war, wohnte ich in einem alten Haus, und die Sage erzählte, dass darin ein Schatz versteckt sei. Gewiss, es hat ihn nie jemand zu entdecken vermocht, vielleicht hat ihn auch nie jemand gesucht. Aber er verzauberte das ganze Haus. Mein Haus barg ein Geheimnis auf dem Grunde seines Herzens."

„Ja", sagte Eli. „*Ob es sich um das Haus oder die Wüste handelt, was ihre Schönheit ausmacht, ist unsichtbar.*"

Sie lachten und Markus guckte verwirrt.

„Der kleine Prinz", erklärte Herr Meyer. „Das Lieblingsbuch meiner verstorbenen Frau." Er wandte sich an Eli. „Mein Irmchen hat gesagt, es sei die wunderbarste Gartengeschichte der Welt. Weil sie in einer Wüste spielt. Schön, dass Sie sie kennen."

Er trank seinen Kaffee aus. „Mein Haus wird es gut bei Ihnen haben. Und der Garten sowieso. Er ist zwar ein wenig aus der Fasson geraten, aber ich bin sicher, Sie kriegen das ohne Kettensäge und Landschaftsplaner wieder hin."

Eli nickte. Herr Meyer nahm einen Zettel, schrieb eine Zahl darauf und schob ihn Markus hin. „Dafür gebe ich es Ihnen."

„Das ist nicht Ihr Ernst!" Markus reichte den Zettel an Eli weiter. Auch sie konnte nicht glauben, was da geschrieben stand. Einen Moment lang fühlte sie unbändige Freude, dann siegte die Vernunft. Sie gab den Zettel zurück.

„Das können wir nicht annehmen."

Herr Meyer lächelte. „Doch."

Er stand auf und schüttelte den Kopf, als Eli ihm beim Abräumen helfen wollte. „Ich genieße es, noch selbständig zu sein."

Es klang traurig. Eli überlegte, ob er vielleicht darauf spekulierte, das Wohnrecht im Haus zu behalten? Bei dem Preis musste irgendwo ein Pferdefuß sein!

„Ich schlage vor, wir machen gleich morgen einen Termin beim Notar", sagte er, als hätte er ihre Gedanken gelesen. „Mein Sohn hat eine Anreise von sechshundert Kilometern. Das schafft er nie und nimmer." Trotz seiner Falten und der weißen Haare sah er plötzlich wie ein Lausejunge aus.

„Dürfte ich erfahren, wie Sie mit Vornamen heißen?", fragte Eli.

„Willi. Warum?"

Eli schluckte; die Zeitmaschine hatte sie ohne Vorwarnung zurück in die Gegenwart katapultiert. Sie sah einen alten Witwer vor sich, der gezwungen war, sein Haus zu verkaufen, weil er ins Heim musste, und der zufällig Meyer hieß, wobei sie, wenn sie ehrlich war, nicht einmal wusste, ob die alte Frau Meyer sich mit *e* oder *a*, mit *i* oder *y* geschrieben hatte. Herr Meyer war lange verheiratet gewesen und er hatte seinen Garten geliebt. Es lag ihm daran, sein Haus an jemanden zu geben, der es nicht dem Erdboden gleichmachte, sondern zu

schätzen wusste. Das war nichts Außergewöhnliches. Seine Frau hatte Irmchen geheißen. Das konnte ein Kosename für Irmtraud sein, aber auch für Irmgard oder eben Irma. Irma Meyer – ein Name, den es sicher so häufig gab wie alte Kirschbäume in alten Vorstadtgärten. Früher hatten die Leute eben Äpfel, Birnen und Kirschen selber angebaut und so mancher Obstbaum hatte die Konifereninvasion moderner Gartengestaltung trotz allem heil überstanden. Und das Märchen vom kleinen Prinzen kannte ja nun wirklich jeder. Na gut, Markus mal ausgenommen. Er las lieber Bilanzen als Belletristik. Weshalb er auch mit Emma bestens klarkam.

Eli streckte Willi Meyer die Rechte hin. „Ich verspreche Ihnen: Ich passe auf Ihren Garten auf."

Markus lächelte. „Und ich aufs Haus."

„Ich weiß." Willi Meyer drückte Elis Hand. „Mein Irmchen hat immer gesagt: Wir sind nur zu Besuch hier, und bevor wir wieder gehen, sollten wir zusehen, dass das, was wir lieben, in gute Hände kommt." Seine Fältchen fingen an zu tanzen. „Wenn Sie Kinder haben, erzählen Sie ihnen die Geschichte vom kleinen Prinzen. Und die vom alten Garten."

In Elis Jackentasche vibrierte es. Eine Nachricht aus New York. *Prima, dass der Garten dir gefällt. Habe meinen auch hier: Blick vom Büro auf den Central Park! Grüße an M. Emma.* Eli hielt Markus das Handy hin; er grinste.

„Ihr Tipp war gut, oder?"

* * *

Mit dem Hauskauf dauerte es dann doch länger als geplant, aber letztendlich konnte der Sohn gegen den Willen des Vaters nichts ausrichten, und auch die Enkel versuchten vergeblich, ihren Großvater davon abzuhalten, ihr Erbe zu verpulvern. Das erzählte Willi Meyer, als sie Wochen später beim Notar saßen, und er zeigte dabei sein schönstes Lausbubenlächeln. Er zog ins Heim, aber nur für wenige Tage. Es hieß, er sei sanft entschlafen; zur Beerdigung ging Eli nicht.

Sie besuchte ihn später auf dem Friedhof. Der Stein war noch nicht gesetzt. Ein Holzkreuz zierte das Grab, auf dem verwelkte Blumen lagen: *Wilhelm Otto Meyer.*

Eli schaute in den wolkenverhangenen Spätherbsthimmel hinauf. Sie hatte es gewusst, und es war ihr egal, ob das möglich war oder nicht. Lächelnd kniete sie sich neben das Grab und machte ein Loch in die Erde. Sie holte den verrosteten kleinen Schornstein aus ihrer Manteltasche, legte ihn hinein und deckte ihn behutsam zu. Sie dachte an den Garten. Vor die Mauer würde sie Schneeglöckchen setzen. Und jede Menge Pfefferminzen. Danach würde sie im Wald eine Wurzel für ihren neuen Teich suchen. Irgendwann würde sich das Quaken der Frösche mit Luigis lustigem Tuten mischen und sie würde Nikodemus wiederfinden. Unterm Laub oder mit einer Mütze aus Schnee im Winter, inmitten der sich entrollenden Farne im Frühling – aber allerspätestens beim Kirschkernspucken im folgenden Sommer.

Ganz bestimmt.

Frau Meyers Brenn-Nesselsuppe

(für vier Personen)

Zutaten:

Eine große Schüssel Brenn-Nesselblätter (mit Handschuhen ernten);
nach Belieben anteilig Giersch, Sauerampfer, Sauerklee, Veilchen-
blätter, Gänseblümchenblätter und/oder einige Löwenzahnblätter
beifügen
¾ Liter Wasser
¼ Liter Milch
2 Esslöffel Butter
2 Zwiebeln (oder entsprechende Menge Lauchzwiebeln)
1 – 2 Knoblauchzehen, 1 Blatt Liebstöckel
Instant-Gemüsebrühe, Salz, Pfeffer, Muskat
½ – 1 Becher Schlagsahne nach Belieben
1 – 3 Teelöffel Kartoffelstärke nach Bedarf
4 Teelöffel Naturjoghurt
Einige Stängel Petersilie oder Schnittlauch

Zubereitung:

Zwiebeln kleinhacken und in der Butter andünsten; gewaschene, von
groben Stängeln befreite Brenn-Nesselblätter (und andere Blätter),
den durchgedrückten Knoblauch und das Liebstöckelblatt dazugeben.
Sobald die Blätter zusammengefallen sind, Wasser und Milch hinzu-
fügen, mit Salz, Pfeffer und Gemüsebrühe würzen und ca. 10 Minuten
köcheln lassen, bis die Blätter weich sind. Alles pürieren. Sollte die
Suppe nicht sämig genug sein, nochmals kurz aufkochen lassen, die
Stärke mit etwas kaltem Wasser glattrühren und dazugeben. Die
leicht angeschlagene Sahne unterrühren und die Suppe auf 4 Teller
verteilen; in die Tellermitte jeweils 1 Löffel Joghurt setzen, die gehack-
ten Kräuter und etwas frisch geriebene Muskatnuss darüber streuen.

Als Beigabe: frisches Bauernbrot mit Butter und Salz.

Sehnsucht ist der Anfang aller Wandlung.

Anselm Grün

Warum ich dieses Buch schreiben musste

Manche Geschichten kommen scheinbar aus dem Nichts, nisten sich ungefragt in den Gedanken ein; andere entstehen als vage Idee, gehütet und bebrütet wie ein rohes Ei, bis daraus ein nacktes Küken schlüpft, das Wärme sucht im sorgsam gebauten Nest. *Der Garten der alten Dame* hat von beidem etwas: Plötzlich war die Idee da, länger als ein Jahr schwirrte sie mir durch den Kopf, unzählige Male gedreht und gewendet.

Spinnerte Gedanken, kritisierte der Verstand. *Schreib sie auf*, empfahl der Bauch. Ich habe auf den Bauch gehört und wie bei allen Geschichten, die man vom Privaten ins Öffentliche lässt, hat der Verstand geholfen, sie zu gliedern, zu überarbeiten, sie auch für Leser zu erzählen und nicht nur für mich.

Ich wuchs in einem Dorf auf und unser Haus stand in einem großen Garten, der Genussgarten im ureigenen Sinne war: Wir lebten von den Früchten, die er hervorbrachte, Möhren, Kohlrabi, Rhabarber, Beeren in allen Variationen, aber auch Salat und Kräuter; es gab ein Beet mit Pfefferminzen, deren Blätter im Herbst auf dem Dachboden getrocknet wurden, ich erinnere mich an Wannen voller Spinat, der nach dem Kochen und Pürieren in wenige Gefrierbeutel passte und an das sorgsam abgedeckte Erdbeerbeet, von dem wir nicht naschen durften, denn alles wurde eingeweckt oder zu Marmelade verarbeitet. Im Garten meiner Mutter blühten auch Blumen, vorwiegend solche, die jedes Jahr von selbst wiederkamen, oder deren Samen man sammeln konnte; Geld für teure Arrangements war nicht vorhanden. Die Ringel- und Studentenblumen machten das mit ihren leuchtenden Farben mehr als wett.

Bäume wuchsen auch in meinem Kindheitsgarten, Pflaumen, Mirabellen, Äpfel – aber was ich mir am sehnlichsten wünschte, fehlte: ein Kirschbaum. Obwohl dieser Garten in der Hauptsache ein Nutzgarten war, wurde nicht nur gesät, gejätet und geerntet. Mit meiner Mutter spazierte ich täglich von Beet zu Beet, und immer gab es Neues zu entdecken. Vor allem diese Erinnerung nahm ich mit, und wo immer ich später lebte, hatte ich ein kleines grünes Reich, und wenn es ein Meter Fensterbank oder vier Quadratmeter Balkon waren.

Es dauerte viele Jahre, bis ich mit dem Kauf unseres Hauses endlich einen „richtigen" Garten mein Eigen nennen durfte. Gemessen an den Landgärten meiner Kindheit ist er nicht groß, gemessen an den Handtuchgärten üblicher Reihenhäuser ist er's schon. Und mitten in diesem Garten steht ein alter Kirschbaum.

Im Frühling regnet es Blüten, im Sommer halbreife Kirschen, im Herbst Blätter zuhauf, und niemals sind die Wege und Beete darunter sauber. Trotzdem liebe ich diesen Baum und ich freue mich über jede Blüte, jedes Blatt und über die süßen Früchte, die er noch trägt. Es ist ein alter Baum und er ist krank. Jedes Jahr sterben ein paar Äste ab, der Pilz ist drin, nichts mehr zu machen, sagt der Fachmann. Und: *Weg damit!*

Ich denke nicht daran, lasse Efeu hinaufklettern, der ihn nach und nach in einen Zauberbaum verwandelt. Man ahnt es: Elis Geschichte hat ihren Ursprung in meinen Gartenerlebnissen.

Vor allem die kleinen Dinge mag ich in meinem grünen Refugium und wie im Garten meiner Mutter gibt es auch bei mir täglich Neues zu sehen, zu riechen, zu schmecken, zu hören: die Amseln, die vom Dachfirst pfeifen, an jeder möglichen und unmöglichen Stelle Nester bauen und unbekümmert von ihren menschlichen Beobachtern im Bach baden, dass das Wasser spritzt; das fedrige Wollgras, das sich im Winde wiegt, der Duft der Kräuter und der Zitronen, der Geschmack sonnenreifer Tomaten, das Rascheln der Igel, das den Abend ankündigt, der lautlose Flug der Fledermäuse nachts um den Wintergarten.

Zwölf Jahre lang hegte und pflegte ich meinen Garten, bis die Bagger kamen – im Gegensatz zu Eli hatten wir sie allerdings selbst bestellt. Unser Hausumbau zog notwendigerweise einen Gartenumbau nach sich; ich nutzte die Zerstörung und erfüllte mir den Wunsch nach einem Teich samt Bachlauf, und wir bauten eine Bank um den alten Kirschbaum.

Noch während der Neugestaltung begann ich, im Internet ein Gartentagebuch zu führen[1], in dem ich nicht primär die Arbeit beschrieb (die ich natürlich wie jeder Gärtner auch habe), sondern die Vielfalt und die Sinnlichkeit, die selbst in einem kleinen Garten erschaffen und erlebt werden

---

[1] http://baumgesicht.blog.de. Mit der Einstellung des Dienstes blog.de zum Jahresende 2015 habe ich meinen virtuellen Garten nach zehn Jahren leider schließen müssen.

kann. Meine Kamera war ein ständiger Begleiter bei meinen Rundgängen und ich freute mich, dass meine *Garten-Bilderreisen* den Blog-Besuchern mehr als nur einen visuellen Eindruck von Bäumen, Blättern oder Blüten gaben. Dass ich schon damals mit dem Gedanken spielte, meine Leidenschaften Gärtnern und Schreiben zu verbinden, zeigt folgender Eintrag[2]:

> Als „Die Detektivin"[3] erschien, stand auf dem Verlagsprospekt das asiatische Sprichwort: „Ein Buch ist wie ein Garten, den man in der Tasche trägt". Unter diesem Motto lese ich, und darunter möchte ich auch schreiben: eine Geschichte erzählen, die Sie, liebe Leser, den Wind im Gras oder im trockenen Laub spüren lässt, Worte finden, die Ihnen den Duft der alten Rosen in die Nase zaubern, eine Welt kreieren, so bunt wie der Teppich aus Vergissmeinnicht und Dotterblumen, den die Frühlingswärme am Teichufer webt, aber auch das Grau nicht aussparen, das ein Novemberhimmel übers Land gießt. Und mittendrin in diesem Garten, der grünt und blüht, verwelkt, verdorrt und wiederaufersteht, lieben und leiden meine Helden, ganz wie im richtigen Leben: nur, dass sie meistens noch ein bisschen mehr lieben und leiden, wie das so ist in erfundenen Geschichten. Kein Verlag dieser Welt, und wenn er noch so oft das Motto vom Garten in der Tasche hat, würde mir ein Gartenbuch im Kriminalroman durchgehen lassen, ja, ich würde es selbst nicht tun. Aber hier kann ich es wagen!

Dass ich dann doch den Schritt vom Netz aufs Papier machte, hatte einen unschönen Anlass. Im Frühjahr 2008 bekam ich wie aus dem Nichts eine Lungenembolie, wurde aus meinem gewohnten Trott gerissen, war monatelang zu Hause und konnte plötzlich wieder Dinge genießen, die gewöhnlich in der Hektik eines erfüllten Berufsalltages untergehen: Ich fand Zeit im Garten, im wahrsten Sinne des Wortes.

Irgendwann während dieser Zeit entstand die Urfassung von *Der Garten der alten Dame*. Von Anbeginn war Luigi dabei, die lustige Lok, obwohl sie damals noch keinen Namen hatte und eigentlich in eine Garten-

---

[2] Blogeintrag vom 25.6.2006 (bearb. Auszug)
[3] *Die Detektivin*, mein erster Kriminalroman zur Geschichte der Kriminalistik, erschien 1998 im Marion von Schröder-Verlag, München; Neuausgabe 2016 (Thoni).

geschichte überhaupt nicht hineinpasste. Vieles andere passte indes auch nicht. Ich war kein kleines Mädchen mehr und meine Eltern waren nicht geschieden, sondern längst tot. Zudem ist die Erinnerung an den Garten meiner Mutter weder traurig noch sehnsuchtsvoll, denn mein eigener Garten hat mir meine Wünsche erfüllt.

Dass Menschen ihre Umwelt unterschiedlich wahrnehmen, verarbeiten und bewerten und die vielbeschworene Wahrheit letztlich nurmehr eine subjektiv gefärbte Wirklichkeit ist, beschäftigt mich vor allem in meinem Hauptberuf: Die Ursachen für Aussageirrtümer und mögliche Motive fürs Lügen sind ein zentrales Thema in der Vernehmungslehre. Die Grenze zum Fabulieren, wie es Kinder gerne tun, ist zuweilen schwierig zu ziehen. Das ist misslich für die ermittelnde Kriminalkommissarin, für die Schriftstellerin war es Inspiration und der Grund, die Geschichte vom *Garten der alten Dame* aus der Perspektive eines Kindes zu erzählen. *Wir sehen die Dinge nicht wie sie sind, wir sehen sie, wie wir sind*: Das ist nicht nur die Essenz meines Romans, sondern auch ein passendes Zitat für meine Vernehmungsseminare.

Ursprünglich sollte das Buch den Titel *Der alte Garten* tragen, aber Recherchen ergaben, dass jemand diese Idee früher gehabt hatte – viel früher! Ich kannte weder den Text noch die Autorin[4], aber das habe ich schnell geändert. Ich las mit der Genugtuung, dass es eine zauberhafte Geschichte war, aber eben nicht meine, und ich stellte erstaunt fest, dass es die immer wiederkehrenden Gedanken und Sehnsüchte sind, die Menschen bewegen, eine Geschichte zu erzählen, selbst dann, wenn sie nach dem Willen der Autorin – wie im Fall von *Der alte Garten* – zu ihren Lebzeiten nicht veröffentlicht werden durfte. *Der alte Garten* ließ den *Garten der alten Dame* nicht unbeeinflusst, ebensowenig wie es die Erfahrungen und Erlebnisse tun, die bewusst und unbewusst nicht nur ins Leben, sondern auch in Erzählungen einfließen. *Der kleine Prinz*[5], *Der geheime Garten*[6] und *Momo*[7] gehören zu meinen Lieblingsbüchern, vor allem *Momo*, diese wunderbare Zeit-Geschichte, und: Ja, ich liebe Märchen! Von Hans

---

[4] Marie Luise Kaschnitz, *Der alte Garten. Ein Märchen*, München 1990 (dtv)
[5] Antoine de Saint-Exupéry, *Der kleine Prinz*, Düsseldorf 1956 (Karl Rauch)
[6] Frances Hodgson Burnett, *Der geheime Garten*, Illustriert von Inga Moore, 3. Aufl., Stuttgart 2009 (Urachhaus)
[7] Michael Ende, *Momo, Ein Märchen-Roman*, Stuttgart o. J. (K. Thienemanns)

Christian Andersen, den Brüdern Grimm und Astrid Lindgren. Warum allerdings ausgerechnet *Ronja Räubertochter*[8] in Frau Meyers Garten hineinstolperte? Der Flaschengeist, der mir Eli schickte, mag es wissen ...

Schon immer faszinierten mich Künstler und ihre Gärten, Claude Monet und sein Seerosenparadies in Giverny[9], Hannah Höch, die bekannte Dadaistin, die voller Leidenschaft bekannte: *Ich verreise in meinen Garten*[10], die Sommerresidenz des Malers Max Liebermann[11], wie Hannah Höch in Berlin beheimatet, oder auch die märchenhaften „Gartenzimmer", die die Schriftstellerin Vita Sackville-West und ihr Mann Harold Nicolson in Sissinghurst Castle in Kent anlegten.[12] Bis heute ziehen diese Gärten unzählige Besucher aus aller Welt in ihren Bann, aber selbst wenn man sie nur aus Büchern und von Bildern kennt, fällt es nicht schwer zu ermessen, dass ihr Zauber vor allem anderen aus der Persönlichkeit derer rührt, die sie erdachten und schufen.

Menschen, die anfangen zu gärtnern, kommen oft zeitlebens nicht mehr davon los, und dass darunter zahlreiche Künstler sind offenbart, dass Gärtner und Künstler einander ähneln. Die einen wie die anderen müssen ihr Handwerk beherrschen, das Wissen um die richtige Technik und die Fähigkeit haben, Dinge zu planen. Aber genausogut müssen sie in der Lage sein, ihr Wissen und Planen zu vergessen, offen für Neues und Unerwartetes zu werden, Raum zu lassen für Intuition, Fantasie und Kreativität.

Nicht nur über das Schöne in der Kunst, sondern auch über schöne Gärten lässt sich trefflich streiten: Manche mögen akkurate Beete, Minimalismus und Blumengeometrie, andere schwärmen für üppige Ursprünglichkeit, und so spiegelt ein Garten immer auch Gedanken und Gefühle der Menschen, die in und mit ihm leben.

---

[8] Astrid Lindgren, *Ronja Räubertochter*, Hamburg 1982/2000 (Friedrich Oetinger)
[9] Horst Keller, *Monets Jahre in Giverny: Ein Garten wird Malerei*, Köln 2001 (DuMont)
[10] Gesine Sturm, Johannes Bauersachs, *Ich verreise in meinen Garten. Der Garten der Hannah Höch*, Berlin 2007 (Stapp)
[11] Jenns Eric Howoldt, Uwe M. Schneede (Hg.), *Im Garten von Max Liebermann*, Hamburger Kunsthalle, Staatliche Museen zu Berlin, 2. Aufl. 2004 (Buch zur Ausstellung *Im Garten von Max Liebermann*, Hamburger Kunsthalle/Alte Nationalgalerie Berlin 2004/2005)
[12] u. a.: Julia Bachstein (Hg.), Vita Sackville-West und Harold Nicolson, *Sissinghurst. Portrait eines Gartens,* Frankfurt 2006 (Insel)

Mein Garten mag anderen gefallen, aber jeder andere würde die Dinge ein bisschen oder sogar sehr viel anders machen. Wie jedes Kunstwerk mehr als nur Farbe und Material ist, sind Gärten mehr als grün.[13] Und darum habe ich dieses Buch geschrieben: um von den Farben der Fantasie zu erzählen, von der Magie, die Märchen haben, und von dem Kind in uns, das wach wird und träumt und sich sehnt, wenn wir einen alten Garten betreten.

PS: Fünfblättrige Kleeblätter gibt's wirklich, die bunten Tomaten aus Elis Regenbogenbeet ernte ich jedes Jahr, und Nikodemus lümmelt nicht am Kirschbaum (dort sieht er wegen der Baumbank nämlich nichts), sondern an meinem alten Flieder. Außerdem schreibt er sich mit c.

---

[13] *„Gärten sind mehr als grün"*, Dr. Andrea Friedrich, Milton Keynes (England), *in:* Der Spiegel 30/2009 (Briefe)

Wie erfüllt das Leben ist,
wenn man es auf die richtige Art angeht!

Vita Sackville-West

Anmerkungen zu den Sinnsprüchen

Seite 7 *Wer Schmetterlinge lachen hört, der weiß, wie Wolken schmecken. (...)*
Zitat aus dem gleichnamigen Lied *Wer Schmetterlinge lachen hört* (Text: Carlo Karges, Musik: Lutz Rahn) der Rockgruppe Novalis. *Wer Schmetterlinge lachen hört*, war eine Reminiszenz an den Dichter Friedrich Freiherr von Hardenberg alias Novalis (1772 – 1801) und eine freie Interpretation seines Gedichts *Es färbte sich die Wiese grün.* Verwendung des Zitats mit freundlicher Genehmigung von Gary Karges und der SMV Schacht Musikverlage GmbH & Co.KG.

Seite 9 *Omnium rerum principia parva sunt. Der Anfang aller Dinge ist klein.*
Marcus Tullius Cicero (106 v. Chr. – 43 v. Chr.), römischer Politiker, Anwalt, Schriftsteller, Philosoph – und der berühmteste Redner Roms. Fundstelle: *De finibus* (5,58); wörtliche Übersetzung: *„Die Anfänge aller Dinge sind klein."*

Seite 43 *Wer nicht auf seine Weise denkt, denkt überhaupt nicht.*
Oscar Fingal O'Flahertie Wills Wilde (1854 – 1900), irischer Schriftsteller. Nikodemus hätte sicher auch dieser Satz von Oscar Wilde gefallen: *„Nichtstun ist die allerschwierigste Beschäftigung und zugleich diejenige, die am meisten Geist voraussetzt." (The Critic as Artist; Der Kritiker als Künstler,* Szene 2/Gilbert)

Seite 75 *Das Höchste, wozu der Mensch gelangen kann, ist das Erstaunen.*
Johann Wolfgang von Goethe (1749 – 1832) war nicht nur Literat; etwa seit 1780 setzte er sich systematisch mit naturwissenschaftlichen Fragen auseinander. Unter anderem hoffte er, so in einem Brief an Wilhelm von Humboldt 1798, mit seiner Farbenlehre eine *Geschichte des menschlichen Geistes im Kleinen* zu liefern. Ihn interessierte vor allem die sinnlich-sittliche Wirkung von Farben und er verlagerte seine Analysen zunehmend in den Bereich der Psychologie.

Seite 109 *Denkst du an Engel, so bewegen sie ihre Flügel.*
Eine genauere Fundstelle ist mir leider nicht bekannt.

Seite 145 *Wir sehen die Dinge nicht wie sie sind, wir sehen sie, wie wir sind.*
Das Zitat kursiert auch in leicht abgewandelter Form; überwiegend wird als Quelle der Talmud angegeben, leider durchgängig ohne genaue Fundstelle. Daneben wird die französische Schriftstellerin Anaïs Nin (1903 – 1977) als Urheberin genannt, jedoch ebenfalls ohne Werkbeleg. Einige Autoren verzeichnen die Quelle als unbekannt. Nach meinen Recherchen scheint der Talmud die wahrscheinlichste Quelle zu sein.

Seite 146 *Se non è vero (...) Wenn es nicht wahr ist, ist es doch gut erfunden.*

Giordano Bruno (1548 – 1600), italienischer Philosoph und Dichter; Fundstelle: *Über die heroischen Leidenschaften* II,3; G. Bruno wurde 1600 nach acht Jahren Kerkerhaft wegen Ketzerei und Magie zum Tod auf dem Scheiterhaufen verurteilt und hingerichtet. Seine Bücher blieben bis 1966 auf dem Index der verbotenen Schriften; erst im Jahr 2000 erklärte die katholische Kirche die Hinrichtung für Unrecht, ohne ihn jedoch als Gelehrten vollständig zu rehabilitieren.

Seite 158 *Sehnsucht ist der Anfang aller Wandlung.*

Pater Dr. Anselm Grün, geboren 1945, seit 1977 Cellerar des Klosters Münsterschwarzach und Autor zahlreicher spiritueller Bücher. Das Zitat stammt aus: Anselm Grün, *Einfach nur leben!*, Verlagsgruppe Weltbild, Augsburg 2010, S. 10 *(Lebenskraft Sehnsucht. Wandlung).* Im Text heißt es weiter: *„Wandlung (...) arbeitet nicht mit Getöse (...) Denn was wächst, macht keinen Lärm. Wenn wir gelassen akzeptieren, was wirklich ist (...) dann kann das Wunder geschehen, von dem viele Märchen erzählen."* Ich finde, das ist ein schönes und passendes Schlusswort für die Geschichte von Eli und dem Garten der alten Dame. Abdruck mit freundlicher Genehmigung von Pater Anselm.

Selte 165 *Wle erfüllt das Leben ist, wenn man es auf die richtige Art angeht!*

Der vollständige Text lautet: *„Mein Gott, wie erfüllt das Leben ist, wenn man es auf die richtige Art angeht! Viele Hektar Farmland und ein neues Gedicht in einem großen Buch mit Schreibpapier – was kann man mehr vom Leben verlangen?"* Er stammt aus einem Brief, den Vita Sackville-West am 22. Februar 1939 an ihre Freundin Virginia Woolf schrieb und ist u. a. publiziert in: Louise DeSalvo und Mitchell A. Leaska (Hg.), *„Geliebtes Wesen ..." Briefe von Vita Sackville-West an Virginia Woolf,* S. Fischer Verlag, Frankfurt 1995, S. 409.

Quellennachweis

Mit Ausnahme der nachfolgend bezeichneten zeigen alle im Buch verwendeten Fotografien Motive aus meinem Garten, die ich in den Jahren 1992 – 2014 aufgenommen und großteils künstlerisch bearbeitet habe. „Frau Meyers Teetasse" (S. 135) ist auf der römischen Rasenkamille platziert, die früher unter meinem alten Kirschbaum wuchs. Das Fenster für die Cover und Buchrückseiten habe ich 2011 in der Zitadelle Spandau fotografiert und nachbearbeitet. Die jeweiligen Hintergrundbilder stammen aus meinem Garten. Das Gartentor auf Seite 143 befindet sich im Original im Palmengarten in Frankfurt am Main. Das Kleeblatt (S. 99) ist ein Fundstück aus meinem Tagebuch. Einige der Fotografien und andere künstlerische Arbeiten von mir sind in einer Online-Galerie auf der Verlagswebsite ausgestellt und können als FineArt oder Leinwand-Künstlerdruck, als Poster oder als Motivkarte online erworben werden: www.thoni-verlag.eu/kalender-kunst/kunstgalerie-shop/. © für alle Fotos und Abbildungen: Nikola Hahn.

Nikodemus (S. 156) hütet meinen Garten schon seit Jahren. Ich habe ihn bei Gärtner Pötschke, 41561 Kaarst, gekauft; www.poetschke.de („Nicodemus"). Abdruck der Figur mit freundlicher Genehmigung von Gärtner Pötschke; für das Foto: © N. Hahn.

Das Zitat von Vita Sackville-West (S. 165) ist unterlegt mit einem Foto aus dem Garten von Max Liebermann am Wannsee in Berlin, den ich am 14. Mai 2011 besucht habe. Das Bild zeigt den berühmten Birkenweg, der dem Maler mehrfach als Motiv diente. Der Abdruck erfolgt mit freundlicher Genehmigung der Max-Liebermann-Gesellschaft Berlin e.V., www.liebermann-villa.de; für das Foto: © N. Hahn.

Den Mattiswald, die Rumpelwichte, Dunkeltrolle, Graugnomen und zum Donnerdrummel noch mal auch die einmalige Idee, sich hüten zu üben, hat Eli alias Ronja Räubertochter aus Astrid Lindgrens gleichnamigem Märchen entliehen, das Paps ihr nicht nur erzählt, sondern vorgelebt hat: Astrid Lindgren, *Ronja Räubertochter*, © Verlag Friedrich Oetinger, Hamburg 1982/2000. Verwendung der Namen/Begriffe mit freundlicher Genehmigung der Rechteinhaber.

Zu Elis Lieblingsgeschichten gehört das Märchen *Der alte Garten*, das Paps ihr gleich dreimal hintereinander vorlesen musste. Kein Wunder, dass sie sich wörtlich an eine Passage der Geschichte erinnert, als sie zum letzten Mal in Frau Meyers Garten geht und Lebwohl sagt. Die Zitate auf der Seite 142 stammen aus: Marie Luise Kaschnitz, *Der alte Garten. Ein Märchen*, dtv, München 1990, S. 155, 158. Der Abdruck erfolgt mit freundlicher Genehmigung der Rechteinhaberin.

Die Geschichte vom kleinen Prinzen erzählt Frau Meyer frei nach Antoine de Saint-Exupéry, während Eli und Herr Meyer auf Seite 152 wörtlich aus der folgenden Ausgabe zitieren: Antoine de Saint-Exupéry, *Der kleine Prinz*, Lizenzausgabe C. Bertelsmann Club GmbH, Gütersloh o. J., S. 107. Der Abdruck der Zitate erfolgt mit freundlicher Genehmigung des Rechteinhabers, © 1950 und 2008, Karl Rauch Verlag, Düsseldorf.

Natürlich wachsen auch in meinem Garten Schneeglöckchen, und ich freue mich jedes Jahr, wenn die vorwitzigen Glöckchentuffs an den unmöglichsten Stellen erscheinen und unbeirrt von Kälte und Schnee den Frühling einläuten. Dass es allerdings gut fünfhundert Sorten Schneeglöckchen gibt, die Sammlerherzen in aller Welt höherschlagen lassen, wusste ich nicht. Frau Meyer konnte Eli nur deshalb die verschiedenen Kronenzeichnungen der Schneeglöckchen so schön erklären, weil Marion Lagoda einen Artikel darüber geschrieben hat. *Das Fest der Schneeglöckchen, in:* kraut&rüben, Heft 2/2008, S. 4 – 9.

Woher die Schneeglöckchen ihre Farbe haben, hat nicht Oma Maria Eli erzählt, sondern meine Mutter mir, als ich noch ein Kind war. Die vollständige Geschichte ist nachzulesen in: Nikola Hahn, *Wie das Schneeglöckchen zu seiner Farbe kam. Märchen – Bilder,* Thoni Verlag, Rödermark 2013, S. 8 – 71.

Für den *Bücherschmetterling* in allen Variationen © Sandra Nabbefeld; © *Feder* n. n.; Details: www.thoni-verlag.eu/impressum-kontakt-quellen/bildnachweis/

Ein herzliches Dankeschön ...

... nach Mittelhessen an Christine: für Deine liebe Mail mit den vielen Ausrufezeichen; in die Schweiz an Fabienne für die wunderbare Leserkritik, in den Taunus an Dieter für die Aufbauhilfe, nach Frankfurt und Offenbach an Frau Bünger und Frau Seeßle und damit stellvertretend an alle, die den Garten der alten Dame testgelesen und mir Mut gemacht haben, das Projekt weiterzuverfolgen, obwohl sie dadurch noch länger auf einen neuen Krimi aus dem alten Frankfurt warten müssen.

Ein ganz besonders dickes Danke geht wie immer an Thomas – seit mehr als einem Vierteljahrhundert mein erster und strengster Kritiker.

Sehr gefreut habe ich mich auch über das Lob von Wolfram Franke, Autor und Herausgeber der Gartenzeitschrift kraut & rüben – und, last not least: Best thanks to Birger in Lund/Sweden for your critique and the funny story about Astrid Lindgren.

Schöne Bücher machen –

Das ist die Philosophie des Thoni Verlags. Weil zum Inhalt auch die Form gehört, ganz gleich, ob Sie eBook-Fan sind oder lieber auf Papier lesen. Deshalb erscheinen Thoni-Bücher in unterschiedlichen Ausgaben, illustriert oder als »Text pur«, in Farbe oder Schwarzweiß, als »P(rint)« oder »E(lektronisch)«. Thoni-Bücher sind Individualisten: sorgfältig layoutet und genre-unabhängig laden sie zum Schmökern, Schauen, Träumen und Verweilen ein.

Freude am lesen

Leseproben, Bilder und weitere »schöne Bücher« finden Sie auf der Verlagswebsite.

WWW.THONI-VERLAG.COM

Lesen im Quadrat
Literarische Geschenk- und Malbücher (nicht nur) für Erwachsene

In ihren literarischen Geschenkbüchern verbindet die auch als Künstlerin tätige Autorin Nikola Hahn ihre Leidenschaften Schreiben, Zeichnen und Fotografie. Mit der »edition schwarzweiss« möchte sie ihre Leser inspirieren, selbst kreativ zu werden und Geschichten und Bildern eigene Farben zu geben.

Singende Vögel weinen sehen. Handypoesie

Wie das Schneeglöckchen zu seiner Farbe kam. Märchen

Baumgesicht. Prosa & Poesie

erhältlich als:

»Lesen im Quadrat« spielt auf das quadratische Format der Bücher an und kombiniert die Ästhetik von Geschenkbüchern mit einem literarisch-poetischen Anspruch, der sich nicht im bloßen Zitieren erschöpft: Geschichten aus dem Leben, lyrische Gedanken, fantasievolle Märchenreisen, unterlegt mit Bildern, die mehr als Staffage sind, weil sie ihre eigene Geschichte erzählen. Im großen (21,6 x 21, 6 cm) oder kleinen (17 x 17 cm) Quadrat. Groß in Farbe oder klein und fein in Schwarzweiß.

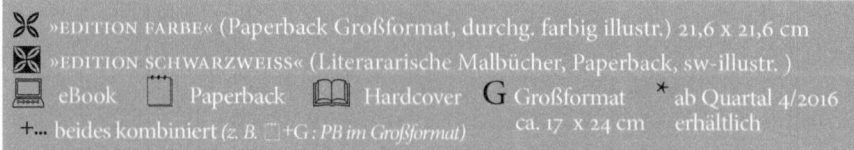

»EDITION FARBE« (Paperback Großformat, durchg. farbig illustr.) 21,6 x 21,6 cm

»EDITION SCHWARZWEISS« (Literararische Malbücher, Paperback, sw-illustr.)

eBook   Paperback   Hardcover G Großformat   * ab Quartal 4/2016

+... beides kombiniert (z. B. +G : PB im Großformat)   ca. 17 x 24 cm   erhältlich

VERBOTENER GARTEN
Ein Lesevergnügen für jede Jahreszeit

Nikola Hahns Märchenroman ist der Schwerpunkttitel im Verlag: Für jede Jahreszeit gibt es eine »Special Edition« mit einem passenden Cover: Frühling, Sommer, Herbst und Winter. Als literarisches Geschenkbuch ist der Roman im farbigen Hardcover-Großformat erhältlich; unter dem Titel »Mrs. Meyer`s Magical Garden« erscheint er auf Englisch. Alle Ausgaben enthalten den ungekürzten Romantext; unterschiedliche Umfänge und Verkaufspreise resultieren aus der Zahl und Art der Illustrationen.

Frühlings-
ausgabe

Sommer-
ausgabe

Herbst-
ausgabe

Winter-
ausgabe

KRIMIS ZUR KRIMINALISTIK
Kriminalromane über die Geschichte der Kriminalistik

Eine spannende Krimihandlung auf der Grundlage akribisch recherchierter Gesellschaftsgeschichte: In ihren »Krimis zur Kriminalistik« lässt die Kriminalbeamtin Nikola Hahn die Anfänge und Entwicklung der Kriminalistik in Deutschland lebendig werden. Für die Neuausgaben im Großformat wurden die erstmals bei Ullstein und Heyne erschienenen Romane vollständig überarbeitet und neu lektoriert.

Die Detektivin
Kriminalroman

Die Farbe von Kristall
Kriminalroman

Kriminalistische Spazier-
gänge in Frankfurt a. M.

Thoni
Bücher & Kunst

Inh. Nikola Hahn
Am Seewald 19
63322 Rödermark

thoni-verlag@t-online.de
www.thoni-verlag.com

Autorin:

Nikola Hahn arbeitet hauptberuflich als Erste Kriminalhauptkommissarin in der hessischen Polizei. Parallel zu ihrer polizeilichen Laufbahn absolvierte sie eine mehrjährige Ausbildung in journalistischem Schreiben, Belletristik und Lyrik. Sie war nebenberuflich mehrere Jahre journalistisch für eine Tageszeitung und redaktionell für die Hessische Polizeirundschau tätig.

Nikola Hahn schreibt und publiziert genreübergreifend: Fachtexte, (illustrierte) Kurzprosa, Märchen, Romane und Lyrik.

BESUCHEN SIE
UNS AUF FACEBOOK:

https://www.facebook.com/
Thoni.Verlag/

www.ingramcontent.com/pod-product-compliance
Lightning Source LLC
Chambersburg PA
CBHW020653260626
47157CB00008B/3018